AF313091

VIE PRIVÉE

OU APOLOGIE

DE TRES - SÉRÉNISSIME PRINCE

MONSEIGNEUR

LE DUC

DE CHARTRES.

Contre un Libel diffamatoire écrit en mil sept cent quatre-vingt-un, mais qui n'a point parut à cáufe des menaces que nous avons faites à l'Auteur de le décéler.

Par une Societe d'Amis du prince.

NOS LEVRES N'ONT JAMAIS TRAHI LA VÉRITÉ.

A CENT LIEUS DE LA BASTILLE.

M. DCC. LXXXIV.

VIE PRIVÉE DE S. A. S. MONSEIGNEUR LE DUC DE CHARTRES.

O U

Réfutation d'un Libel diffamatoire écrit en 1781 , mais qui n'a point parut à caufe des ménaces que nous avons faites à l'Auteur de le décéler.

L'A N mil fept cent quarante - fept, le treizer Avril, naquit LOUIS-PHILIPPE, Duc de CHAR-TRES.

Le duc d'O..... vivait en ce temps-là dans le feix d'une volupté peu louable : fa moindre ambition était celle de mériter la confidération du peuple fran-çais : il préférait, à tous les autres avantages dont il aurait pu jouir, une molle indolence qui, jointe à fon ineptie naturelle , ne lui permettait de fortir de fon palais que pour s'enivrer des douceurs de l'a-mour chez des Lais ou des Phrinées : ignorant par-faitement les affaires publiques, ainfi que les fien-

A

nes

nes particulieres, il oubliait de faire le bien qui était en son pouvoir, mais il avait la bonhomie de ne donner jamais de conseils de peur d'en donner de mauvais; aussi cette conduite merveilleuse lui merita-t-elle le nom d'un bon Prince.

Adorateur zélé de la vénus proftituée ce Prince n'avait pas même le tems ni la force d'ouvrir les yeux sur la conduite de la femme que les Loix & la Religion lui avaient accordée pour en jouir lui seul & en toute propriété.

Des gens malhonnêtes qui n'ont d'autre plaisir que celui de déchirer la réputation des personnes les plus vertueuses ont donné à croire, que cette Princesse était d'une lubricité sans égal, & qu'elle vivait publiquement avec le comte de P...ac, animal qui n'avait de l'homme que la figure : on a même poussé l'infamie jusques à dire dans les termes de l'Ecriture sainte, en parlant des amans de hoola & de hooliba, que ce Comte avait un membre semblable à celui d'un cheval, & que la semence qui en fortait furpaffait en quantité celle d'un âne. On ajoute enfin que ces influences n'étant pas capables de fixer la Ducheffe, elle charmait les en-

nuis

puis de l'absence du Comte par les embrassemens du vigoureux Lefranc un de ses cochers. Quelques personnes plus charitables se sont contentées de dire qu'elle faisait sur ce cocher des expériences de philosophie naturelle assez curieuses, & que c'est d'elle que vient le goût dominant que nos femmes ont aujourd'hui pour ce genre de philosophie. Si cela est vrai, messieurs les professeurs de physique doivent les charmantes élèves qui suivent leurs cours à l'exemple qu'a donné cette Princesse dont la mémoire doit leur être très-chere.

Si l'on était assez faible pour se laisser séduire par l'éloquence séductrice de la Calomnie, on soupçonnerait, si même on n'etait pas persuadé, que c'est aux doux ébats de ce Lefranc que le Duc de Ch... doit son existence. Mais plus d'une raison milite glorieusement contre cette supposition ; que dis-je ! plus d'une raison prouve invinciblement que cela ne peut être.

D'abord, un axiome de Droit dit que nul autre n'est pere que celui auquel un mariage légitime en attribue les fonctions. Or, le mari légitime de la Duchesse etait le Duc d'Or... : leur mariage

avait

avait été contracté suivant toutes les formalités requises par les Loix & les Ordonnances, la Réligion même y avait donné sa sanction : ainsi le Duc d'Or.... est incontestablement le pere du Duc de Ch... , & par une conséquence naturelle le Duc de Ch... ne peut être le fils du vigourenx Lefranc.

Cette vérité est encore rendue plus sensible par un autre axiome de droit & de raison qui dit que le plus fort emporte le plus faible : eh bien ! le quel était le plus fort du Duc d'Or... ou du cocher de la Duchesse, dans le tems dont il est ici question ? Où sont les enfans procréés par ce Lefranc ? On ferait fort embarrassé d'en produire & d'en faire connaître un seul ; le Duc d'Or... au contraire peut en montrer dans tous les quartiers de Paris & ailleurs ; il en a même fait deux à la fois à quelques unes de ses maîtresses, & qui ne sont ni faibles ni minces ; & qui tous lui ressemblent si fort qu'on ne peut les méconnaître. Quelque mauvais plaisant demandera, peut être, si l'on trouve cette ressemblance entre le duc d'Or... & le duc de Ch... son fils ? On lui répondra que cette ressemblance peut ne pas exister dans la corpu-

lence

lence ni dans les figures, mais que leurs qualités
morales aux yeux des connaisseurs paraîtront ab-
solument les mêmes. Tout le monde sait que la
noir & hideuse Calomnie n'épargne personne, &
que les héros du plus grand mérite sont la proie
qu'elle recherche avec le plus d'avidité. Au reste
peut-il rester du louche sur la légitimité du duc de
Ch...s ; son extrait de baptême, & la possession pai-
sible, dont il jouit, de ses titres, revenus & prérogatives sont des armes invincibles contre ses détracteurs.

Les années que le duc de Ch...s passa au milieu
des soins de ses nourrices, des femmes & de ses
gouverneurs ne fournissent aucun évènement digne
d'être rapporté dans cette histoire. Il y aurait de
l'absurdité à croire que son caractere a reçu une
forte teinte des vices que possédoient les femmes
auxquelles son enfance a été confiée, & que l'e-
xemple, les flatteries & les complaisances de ses
gouverneurs & valets ayent agi plus puissamment
sur son penchant que la nature même. Quoiqu'il
en soit nous ne suppléerons pas à ce qui nous manque d'instructions sur ses dispositions & sur sa con-

duite

duite jufques à l'âge de 36 ans, par des anecdotes controuvées.

Le duc de Ch...s était agé de 16 ans quand il fit fon entrée dans le monde. Tous les amis des ouvriers de fon éducation, tous ceux qui voulaient s'en faire un protecteur, en un mot tous fes dévoués éflerent au prodige, tandis que d'un autre côté les envieux & les indifférens, des fots mêmes qui prétendaient s'y connaître, difaient à demie-voix, c'eft une montagne qui par fes cris promettra bientôt d'enfanter quelque merveille, & qui ne produira qu'un rat immonde : tant il eft vrai qu'il eft impoffible de plaire à tout le monde.

Cependant l'ardeur du flambeau de l'amour commençait à fe faire fentir au cœur du jeune Duc. Il eut à peine formé le premier defir de facrifier à Vénus, que tous ceux qui l'environnaient fe difputerent l'avantage d'être les premiers à lui préfenter la victime qu'il devait immoler ; & tous défiraient lui voir employer fur les autels de l'amour les prémices de fes forces. Un de fes gouverneurs, dont le nom reftera dans l'oubli, fe chargea de lui fervir de guide : mais au lieu de le conduire par la

route

route qui conduit au temple de la Vénus célefte, pure & fans tache, qui produit en nous cette paf-fion douce & voluptueufe qui nous fait aimer le moyen de perpétuer notre efpèce, & qui purifiant nos ames les unit de plus près à l'Etre fuprême ; il l'égara & le mena par un chemin jonché à la vé-rité de fleurs, au temple de cette vénus lubrique & proftituée qui cache fes turpitudes dans les grottes profondes & les forêts écartées, qui fuit la lumiere du jour, & ne reçoit les facrifices qu'on lui offre que pendant la nuit, ou dans l'obfcurité, après que fes prêtres & prêtreffes ont bu une grande quantité de vins autour de fes autels.

La prêtreffe qui initia le duc de Ch...s dans les myftères de la vénus proftituée, & qui l'admit dans l'endroit le plus fecret de fon temple, fut cette fa-meufe Déchamps, maîtreffe alors du duc d'Or...; ce fut-elle qui reçut fon offrande, & le préfenta à la divinité. Cette Déchamps, fuivant la chronique fcandaleufe de fon tems, était la créature du mon-de la plus digne de l'emploi qu'elle rempliffait : elle était impudique & debordée comme il n'en fut jamais ; elle poffedait mieux que la putain er-

B   rante

rante de l'Arétin , l'art de varier & de raffiner les jouiffances : qui croirait que pour fe furpaffer elle-même en cette fuperbe occafion , elle n'introduifit le duc de Ch...s, dans le fanctuaire de la volupté , qu'après avoir paffé la nuit entre les bras de deux chanoines de Ste. Génevieve, qu'elle réduifit à demander quartier. Nous avons peine à ajouter foi à de pareilles extravagances.

On reproche à cet égard , avec affez d'injuftice, au duc de Ch...s d'avoir dans cette jouiffance commis un incefte affreux. Mais pourquoi ne pas plutôt croire qu'il tomba, fans le vouloir, dans le piége de la Déchamps ; & qu'il ignorait parfaitement l'union intime de fon pere avec cette courtifanne ? Elle-même ferait à l'abri du reproche de cet incefte, en adoptant l'incertitude prétendue de la légitimité du duc de Ch...s que les uns difaient être le fils du duc d'Or... , les autres du comte de Pol... ou du cocher de la maifon du Prince qui entretenait cette Meffaline.

On ne conçoit guerres quel plaifir put prendre la Déchamps au facrifice du duc de Ch.. s ; mais on conçoit encore plus difficilement comment fon al-

teffeteſſe-ſéréniſſime puiſa dans une telle ſource le goût des plaiſirs : ſans doute que l'art remplacea bien des choſes qui manquoient à la nature, & que les fleurs dont était bordé l'abîme l'empêcherent d'en découvrir l'horreur Bientôt ce Prince paſſa, non de ſon propre mouvement, mais toujours entraîné par ceux qui l'entouraient, dans les bras impurs de toutes les proſtituées de Paris; & devenu l'eſclave d'une œconomie qui approchait des bornes de la lézine, il chercha à ſatisfaire ſes deſirs chez des filles publiques, où, buvant à long traits le poiſon d'une débauche deshonorante, il éprouva le ſort des compagnons d'Uliſſe débarqués dans l'ile de Circée

Juſques à préſent nous croyons avoir ſuffiſamment juſtifié le duc de Ch...s des imputations odieuſes qu'on s'eſt permiſes contre ſa naiſſance. Sa conduite n'a encore d'autres reproches à craindre que ceux auxquels eſt expoſée une jeuneſſe fougueuſe, qui a reçu d'ailleurs un fort germe des paſſions les plus vives, d'un pere robuſte & amoureux comme un ſatire, & d'une mere qui aima mieux ſacrifier ſes jours à ſes plaiſirs, que ſes plaiſirs à une

vie

vie inactive & monotone. Mais nous allons être forcés de combattre plus vigoureusement que nous n'avons encore fait les diffamateurs du duc de Ch.s.

Dans un Libel infâme qui a été sous nos yeux il y a deux ans, mais qui n'a point paru à cause des menaces que nos avons faites à l'Auteur de le décéler. Voici à peu près les termes dans lesquels est conçu un reproche qu'on lui fait.

« Ce n'était pas assez pour l'héritier de la maison
« d'Or. de suivre en tout les goûts de Philippe-Au-
« guste, il fallait encore pour satisfaire une au-
« tre de ses passions deshonorantes, qu'il entraînât
« dans l'abîme de la débauche & du désordre le
« prince de Lamb..., fils infortuné du duc de Pin-
« thievre. On a attribué la mort de ce Prince à
« l'effervescence de ses sens, & à sa complaisance
« extrême pour le duc de Ch...s. Mais elle a en-
« core une autre cause que je vais dévoiler. De-
« puis longtems le duc de Ch...s avait projetté de
« se marier avec la sœur du prince Lamb... ; une
« de ses vues principales était d'accumuler sur sa
« tête les biens immenses de la maison de Pinth.,
« & la charge de Grand-Amiral. Le prince Lamb.

formait

« formait un obstacle invincible à l'exécution de
« ce plan, & voila la cause de la chûte fatale de
« ce Prince, qui faisait espérer aux Français que,
« quoiqu'il ne descendit pas directement du sang
« des Bourbons, il s'efforcerait au moins d'en sou-
« tenir la gloire & l'éclat ».

Nous croirions faire injure aux sentimens de M.
le duc de Ch...s si nous nous permettions de répondre à cette diffamation que l'enfer seul peut
avoir produite : aucune ame bien née ne formera
même le moindre soupçon sur la fausseté de cette
imputation. Les hommes ont assez de faiblesses pour
fournir d'alimens à la calomnie; pourquoi vouloir
leur supposer des atrocités auxquelles nous ver-
rions peut être qu'ils n'ont pas même pensé, si nous
pouvions lire dans leur cœur. Il est bien plus juste
de dire & de croire que ces deux Princes con-
temporains & compagnons de débauche, encou-
raient les mêmes dangers, mais qu'un seul des
deux a été la victime de ses désordres & du poi-
son qu'il avait recueilli dans les lieux les plus infâmes, & avec les femmes les plus impures de
Paris.

La

La mort du prince de Lamb... caufa la plus vive douleur à fon vertueux pere qui n'avait rien
négligé pour en former un homme accompli &
digne de lui. Pour y réuffir il avait joint fes leçons paternelles aux inftructions de gouverneurs
religieux & inftruits; mais à l'inftant où il croyait
jouir de fon ouvrage, fon bonheur s'évanouit.
Quelque tems auparavant cet évènement funefte,
le duc de Pinth... défirant perpetuer la fplendeur
de fa Maifon & fon nom, avait choifis pour fon
fils une femme dont la candeur ingénue, la beauté fimple & modefte formaient les moindres qualités.

On prétend que le duc de Ch....s, dévoré par
le feu d'une ambition ignoble, ne vit point cette
union fans dépit, parce qu'elle détruifait fes projets, & paraiffait naturellement lui enlever tout
efpoir fur la fucceffion de la maifon de Pinth....
Mais ceci n'eft encore qu'une pure fuppofition
dont il n'exifte aucune preuve conftante.

Tout ce que l'on peut affurer relativement à la
caufe de la mort du duc de Lamb..., c'eft que la
vérolle fut le poifon qui l'enleva, à la fleur de fon

âge,

âge, dans la force de son tempéramment. Heureux s'il n'eût connu d'autre femme que la sienne, & s'il eût été plus docile à la voix du devoir & de la tendresse, qu'à celle de l'égarement & de la débauche. Son aimable épouse fut elle-même atteinte de cette maladie infâme, dont il eut l'imprudence de l'infecter. Elle eut le bonheur qu'on y appliqua à tems les remèdes nécessaires, & elle en guérit; mais le prince de Lamb... ne reçut aucun secours des soins qu'on lui porta trop tard ; l'instant fatal était venu, il périt au milieu des douleurs & des regrets,

Ce fut à peu près dans le même temps que le duc de Ch...s guide peut-être par cet esprit d'intérêt qui est le ressort des actions de presque tous les hommes, pensa que Mlle de Pinth. était un excellent parti pour lui. Il la demanda en mariage; & elle lui fut accordée sans beaucoup de difficultées. Une Princesse chaste & vertueuse passa au pouvoir d'un Prince épuisé de débauches, & infecté de plusieurs vices de son âge : & quoi qu'elle eût mérité à tous égards de fixer pour jamais, & de rappeller aux devoirs de l'honneur

&

& de la décence son époux corrompu, elle eut la disgrace de voir qu'insensible à ses charmes & à ses vertus, il ne s'occupait qu'à sacrifier toujours a la vénus dissolue, & à chercher dans la ruse la plus base les moyens de dépouiller le duc pe Pinth.... de ses biens & de sa charge de Grand-Amiral de France. Exemple sensible que ni la naissance, ni l'éducation ne peuvent étouffer dans le cœur de l'homme le germe des passions que le hasard y a placé.

Tous les yeux des Français étaient fixés sur la conduite du duc de Ch...s. Le Public s'attendaient à l'époque de son mariage de voir réaliser l'une ou l'autre des prédictions faites lors de son entrée dans le monde ; & chacun se flattait de voir son oracle accompli : ici nous ne pouvons ni cacher ni trahir la vérité : le duc de Ch..,s au lieu de se contenter des plaisirs purs qu'il pouvait goûter paisiblement, & à l'abri de toute censure, dans les bras d'une épouse respectable & qu'il devait chérir, continua à ne s'occuper que de ses premières erreurs : il en chérit-même pour lors sur la brutalité de ses valets. Les G....., les d'A....., associés de ſes débauches, lui donnerent des preuves de leurs connaiſſances dans l'art de raffiner les plai-ſirs. Mais celui qu'ils appellaient le plus parfait, était d'aller de bordel en bordel, où il ſe croyait incognito, & d'y faire des ſoupers fins à peu de frais avec des créatures infâmes & ramaſſées ſur des bornes.

A Dieu ne plaiſe qu'en traçant ces turpitudes, notre intention ſoit de ternir la réputation du duc de Ch..., notre but, comme nous l'avons dit, eſt de châtier les mœurs, & de faire triompher la vertu.

En voyant de tels déſordres, ceux qui avaient prédit que la montagne n'enfanterait qu'un rat immonde, ſatisfait d'eux-mêmes, regardaient ſans rien dire, mais d'un œil moqueur, ceux du parti contraire, & voyaient avec une ſatisfaction peu chrétienne, mais naturelle à l'envie, que le duc de Ch...s paſſait dans des orgies ſales & dégoû-tantes, des jours qu'il devait à ſon épouſe, à ſa gloire & à ſa patrie.

Ceux au contraire qui l'avaient préconiſé com-me une merveille, gardant un ſilence profond,

& n'efpérant aucunes faveurs de la part d'un Prince embourbé dans des paffions auffi baffes, fe mordaient les doigts, & le voyaient avec douleur rechercher par habitude, les objets de fa lubricité dans le rebut des proftituées les plus viles & les plus deshonoréés même dans les bordels. Mais ce qui mettait le comble à leur défefpoir, c'etait de voir ce Prince emmener des racrocheufes des rues, qu'il croyait les plus fouples à fes inclinations, dans un temple qu'il a élevé au libertinage crapuleux aux environs de Paris, & dans lequel il exécutait les fcenes les plus impudiques dont on ait jufqu'ici tranfmis l'idée. Il eft des nuditées en peinture qui par leur naïveté & leur coloris font capable de faire naître, ou de réveiller le feu d'une jouiffance mal menagée & prefqu'éteinte : malheureux l'auteur qui ofe les tracer. Mais quand une image hideufe & par fes traits & par fon coloris, caufe un dégoût décidé pour un vice quelquonque, il eft nonfeulement bon de la découvrir au public, mais celui qui la poffede eft même obligé en confcience de la lui montrer. C'eft pour remplir notre obligation à cet égard,

que

que nous allons, Meſſieurs, vous tracer, autant que la pudeur & la décence nous le permettront une des ſcenes lubriques qui ſe repréſente aſſez ſouvent dans le temple de la Vénus impure qu'a élevé le duc de Ch...s ſous le nom de la Folie. Ici nous laiſſons, ainſi que nous l'avons dit au commencement de cet ouvrage, la liberté au lecteur de faire ſes remarques & de porter ſon jugement. Quand à nous comme hiſtoriens, nous rapportons fidellement des faits, & comme apologiſtes nous les juſtifions quand il nous eſt poſſible. Ce n'eſt qu'avec regret que nous nous voyons forcés d'avouer, en cette circonſtance, que les mœurs & la conduite du duc de Ch.....s bien loin de mériter qu'on les admire, & qu'on les imite, ne ſauraient inſpirer que du mépris & de l'horreur aux honnêtes gens. Au reſte le duc de Ch...s n'eſt pas le premier qui ſe ſoit abandonne à de pareilles faibleſſes. Combien d'hommes diſtingués par leur mérite & leurs connoiſſances, quoique dans l'abondance la plus parfaite des choſes les plus délicieuſes, ſemblables à des pourceaux, n'ont-ils pas été fouiller avec volupté dans les ordures les plus ſordides & les plus immondes !

Le

Le duc de Ch...s a pour coûtume, lorſque tout les autres plaiſirs lui deviennent inſipides, de faire faire une levée d'un certain nombre de beautés hardies des rues St. Honoré, de Grenelle, Maubuée, du Pélican, & autres ſemblables : pour être admiſes il faut qu'elles aient été chaſſées des autres bordels d'un meilleur ton, ou qu'elles aient pendant quelques mois pris l'air ſalubre du château de la Salpetriere, ou d'autres ſemblables qui ſe trouvent aux environs de Paris. Cet uſage eſt une imitation ſuivant toute apparence de celui qui s'obſerve en Hanovre dans la promotion des bas-Officiers. Il faut dans les troupes qu'un ſoldat ait paſſé au moins deux fois par les baguettes, pour pouvoir devenir ſergent. La bande une fois portée au nombre ordonné eſt conduite dans le temple dont nous avons parlé ; là on commence à régaler à peu de frais les charmantes convives. Pendant les chaleurs exceſſives de l'été, pour qu'elles jouiſſent plus aiſément de la fraicheur des appartemens ou des boſquets, on leur ordonne de mettre à nud toutes les grâces & tous les défauts que dame Nature a répandus ſur elles : dans

cet

cet admirable coſtume elles tiennent une converſation vive & animée; elles font différentes parties, & ſe préſentent, ſous différentes attitudes, au juge de leurs appas. On ſe met à table pour ſacrifier au Dieu du vin & à celui de la gourmandiſe, elles en ſortent pour danſer & courir comme des Bacchantes, & enfin tomber enivrées de pluſieurs délires, entre les bras des laquais robuſtes qui, imitateurs gagés de leur maître ſe livre ſans réſerve à tout ce que l'impudicité peut ſuggérer à leur brutalité.

Pendant les rigueurs de l'hiver, les mêmes ſcènes ont lieu dans cet endroit infâme, appellé avec juſte raiſon la folie du duc de Ch...s. Dans cette ſaiſon, on allume de grands feux dans la ſalle du feſtin. Les Bacchantes, rangées au tour d'une grande table, & doublement échauffées par les vapeurs des mets, des vins, des liqueurs & de l'eau-de-vie la plus forte, ſe livrent avec audace aux propos, aux attitudes, aux actions mêmes les plus indécentes.

Un fameux libertin, qui quelques fois a été de ces fêtes, s'exprimait ainſi en nous en parlant:

Un

Un jour, dit-il, je me trouvais à une de ces parties fines : le dîner fut affez bon ; le Duc, deux hommes & huit femmes, nous étions tous nuds comme la main ; cela ne nous empêcha pas de faire honneur au repas : lorfqu'il fut fini, le Prince donna le fignal pour que chacun prit fon plaifir à fa guife : tabourets, chaifes, fauteuils, bergeres, fophas, ottomanes dans un inflant furent occupés : Monfeigneur fe promenait en long & en large, & fon air rêveur me fit préfumer qu'il ferait fpectateur oifif de tout ce qui allait fe paffer. Cependant je m'emparai d'une coquine qui m'avait beaucoup agacé, mais fon phyfique répondit de près, fi mal à ce que j'en avais jugé de loin, que malgré fes careffes, auxquelles je ne répondis que machinalement, j'eus le loifir d'obferver les différentes fcènes dont j'étais environné.

Une jeune impudique d'environ quinze ans, placée fur un fauteuil, les pieds fous fon cul, & les cuiffes élargies, comme une guenon, fe chatouillait, riait à grands éclats, & fe procurait, fans aucun fecours étranger, une jouiffance qui paraiffait parfaite.

Tout

Tout à côté d'elle deux impures, couchées l'une fur l'autre, & entrelacées comme des amans paffionnés de deux fexes différens, fe baifaient avec la derniere lafciveté, & fe frottant les parties honteufes l'une contre l'autre elles fatiguaient, ufaient & outrageaient la nature.

Trois tribades s'énervaient à la fois fur une ottomane, & femblaient mourir entre les bras de la volupté. Celle du milieu pouffait des cris de joie, & les convulfions qu'elle éprouva, furent fi fortes, qu'elle renverfa fes deux compagnes par terre, & refta feule fur l'autel où étaient empreintes les marques de mille facrifices femblables.

L'ami du Duc, homme grand & gros, mais ufé de débauche, pour ne pas faire connaître a fa chafte compagne, que dame Nature était chez lui fouvent négative & difficile, la preffait lentement fe tenant lui-même le cul tourné au feu.

Bientôt deux des trois tribades, dont j'ai parlé, fe livrerent à de nouveaux ébats qui m'étaient encore inconnus. Jamais le divin Arétin, le charmant Bocace, l'infâme Dom-B.... & leurs imitateurs foutromanes, foutrographes & foutrologues, n'ont

décrit

décrit rien d'auffi fale, rien d'auffi infâme. Ces deux fcélérates fe paffant réciproquement les mains fous le cul, & fe plaçant la tête l'une à l'autre entre les cuiffes, vers l'endroit que la décence ne nous permet pas de nommer, fe procuraient la volupté par excellence, en chatouillant l'organe du plaifir avec celui de la parole.

Notre plume modefte ne fe ferait pas prêtée à une telle defcription, fi elle ne nous eut conduits à l'éloge de la continence du Prince, qui, dégoûté fans doute de ces plaifirs abominables, fe contenta, à ce que rapporte notre libertin, de gémir de pitié fur les faibleffes & les folies de la pauvre humanité.

D'après un témoignage auffi peu fufpect fur la vertu du duc de Ch...s, au milieu même des tentations les plus violentes, qui pourra encore ajouter foi aux propos de fes détracteurs? ils ont eu l'injuftice de dire qu'il jouait lui-même les plus forts rôles dans ces orgies ; que quelquefois, après avoir bien bu & mangé, il s'érigeait en Priape, & recevait, dans l'attitude heureufe où l'on repréfente ce Dieu, les vœux, les offrandes & les facrifices

facrifices de toutes ces miférables créatures , & qu'il prenait fur-tout un grand plaiiir aux libations des plus impures. Mais pourrait-on même foupçonner ce Prince de pareilles puérilités?

Ce qu'il y a de vrai , & ce que nous pouvons affurer, c'eft que ce Prince a donné quelques fois des fêtes galantes à de jolies femmes au temple de la Folie : il en a donné auffi à des filles d'un certain ton, telle que la du Thé, la Michelot, &c. &c. ; mais en cela , certainement, tout le grand crime qu'on peut lui reprocher, c'eft de s'être rendu adultère avec des créatures qui prodiguaient leurs charmes ufés à quiconque avait le moyen de fatisfaire leur cupidité ou leur lubricité iniatiables. On a dit a l'égard de ces concubines du bon ton , que, comme le duc de Ch.. s ne les payait généreufement ni de fa bourfe ni de fa perfonne , elles affectaient avec lui le langage de la bonne compagnie , & un ton de décence , qui en peu d'inftant faifait bailler le Prince , & qu'alors il allait d'un pas leger trouver fa vertueufe époufe, dont les careffes pures & tendres ne lui paraiffaient délicieufes que parce qu'elles ne lui coûtaient rien. Autre calomnie !

D   Pourquoi

Pourquoi donc tout le monde veut-il que ce Prince soit intéressé ? Pourquoi faire un crime à un Prince jeune, bienfait, enjoué, & qui n'est pas encore tout-à-fait épuisé, de ce qu'il veut obtenir gratis les faveurs & les bonnes grâces des courtisannes illustres? L'honneur de posséder un tel amant est une récompense suffisante pour celle dont il jouit ; & elle doit en être plus satisfaite que d'une fortune brillante qui lui serait offerte, & faite par un manan millionnaire.

D'ailleurs le duc de Ch...s pouvait, avec d'autant plus de raison, ne se permettre aucune générosité à l'égard de toutes ces filles, qu'elles étaient déjà entretenues par d'autres seigneurs.

Que voudrait-on qu'il eût donné à la du Thé pour prix de ses faveurs? Voici la maniere charmante dont cette courtisanne parlait de son auguste amant : » c'est un Silphe, disait-elle, que j'ai pour « amant; cet adorable habitant de l'air ne me laisse « rien à désirer ; je trouve le bonheur entre ses « bras, hélas! puisse-t-il être éternel »?

La Michelot de son côté avait-elle besoin des générosités du duc de Ch...s ? Non sans doute, elle

étai

était alors entretenue aux dépens du public , par le prince Soub.... qui lui donnait vingt-quatre mille livres pour la dépenfe de fa table feulement. Cette actrice admettait à fa table tous les ribauts & ribaudes de ce tems, regnicoles & étrangers; pourquoi donc le duc de Ch...s ne s'y ferait - il pas trouvé comme un autre ? La Michelot devait être fiere des vifites que voulait bien lui faire fon Alteffe-Séréniffime.

Eh pourquoi aurait-elle été plus modefte que nombre de Gentils-hommes français & étrangers qui fe trouvaient très-honorés d'avoir rang au Palais-royal, dans les parties de ce Prince, & de s'y ruiner entiérement ? L'honneur effentiel d'une courtifanne eft d'avoir des amans illuftres, & de les dépouiller adroitement: l'honneur d'un fot Gentillâtre eft de fe ruiner à faire la partie d'un Prince.. Au refte, le duc de Ch...s peut avoir ruiné quantité de perfonnes avec beaucoup d'honneur ; & l'on aurait tort de croire qu'il ait fait ufage des leçons de Comus pour corriger la fortune. En effet, fon imagination feule peut lui procurer les moyens d'augmenter encore fes immenfes revenus fans qu'il

ait

ait befoin d'avoir recours à une induſtrie auſſi baf-
fe, & qui, dans les hommes ordinaires, eſt punie
d'une peine infâmante.

Nous croyons très-inutile de chercher à juſtifier le duc de Ch...s de l'imputation injuſte, d'homme intéreſſé, & capable de tout entreprendre
pour ſe procurer un intérêt ſordide : car tels ſont
les termes ſeveres dont ſe ſert l'Auteur du Libel
que nous réfutons.

Il eſt ſurprenant, lui diſait un jour le duc d'Orl.,
qu'un Prince qui, comme vous, approche du thrône,
& qui tient le premier rang auprès du Roi, ne
s'y occupe pas d'une maniere convenable à ſa naiſſance ! Je fais, pour la premiere fois, réflection
que vous ne devriez pas reſter ainſi dans une oiſive-
té condamnable. C'eſt ainſi que parlait le gros Duc
au Duc volupteux. Ce dernier qui ne manque pas
d'eſprit, ſourit de l'avis de ſon pere, c'était le premier qu'il recevait de lui : ſon amour-propre, cependant en fut reveillé, il y fit attention, & réſolut de le ſuivre par la ſuite : d'autres projets, déjà
conçus, exigeaient la préférence.

Vous allez peut-être, Meſſieurs, nous demander

quel

quel pouvait être le motif du duc d'Orl... en don-
nant un auſſi bon avis au Duc ſon fils? Nous l'i-
gnorons nous-mêmes; & un couplet fait par quelque critique du tems, ne nous en inſtruit guerres
mieux, quoique certaines perſonnes prétendent y
trouver la ſolution de notre queſtion : voici donc
ce couplet :

COUPLET,

AIR : *Des Bourgeois de Chartres*

Peſant quatre cens livres,
Monſeigneur d'Orléans
Parut, quoiqu'il fut yvre,
Avec ſes Courtiſans ;
Il comptait ſes chagrins
Au Prélat de Toulouſe :
Voyez, diſait-il, nos deſtins,
Mon fils vit avec des Catins,
Et moi je les épouſe.

Ce couplet eſt extrait d'un noël abominable,
compoſé ſans doute par quelque diable, lors de la
naiſſance du Dauphin; nous ne l'avons cité qu'avec
horreur; ainſi l'on peut juger de la ſenſation que
nous ont fait éprouver les autres encore plus abominables.

Revenons

Revenons à notre Apologie. En ce tems - là le duc de Ch...s , bien déterminé à travailler a s'immortalifer d'une maniere ou d'une autre , fuivant l'avis du duc d'Orl. , s'occupa d'abord de plufieurs œconomies dans fa Maifon , & donna toute fon attention à un projet qu'il avait formé depuis longtems, de faire un changement total dant le Palais-royal, qui augmentât immenfément fes revenus : car, comme on dit, l'argent fait tout, la paix & la guerre. Il s'imagina, comme la plûpart des Anglais, mal inftruits & plein de préjugés , que le peuple n'avait pas même la faculté en France de réclamer fes droits , ni même celle de fe plaindre quand un Prince attaquoit fes propriétés. Mais fon Alt. Sér. oubliait pour lors que les Français vivent fous une Monarchie gouvernée par le plus jufte & le plus équitable des Rois, & non pas fous un defpotifme qui ne connait d'autres loix que les volontés du Tiran. Ce fut cette fauffe idée qui donna lieu au grand procès que le duc de Ch...s eut à foutenir contre prefque toute la capitale animée contre lui, & dont les prétendus droits n'etaient. guerres bien fondés, puifque le duc de Ch...s a été

autorifé

autorifé à réduire le Palais-royal dans l'état où nous le voyons aujourd'hui, au grand regrets des particuliers propriétaires des maifons qui l'environnaient, & auxquelles le Prince avait de fon plein gré accordé des entrées dans le jardin.

Nous ne nous amuferons pas à rapporter ici les Mémoirs faits au paravant la décifion de cette grande affaire, non plus que toutes les Pafquinades qui furent répandues dans un Public aigri, nous nous contenterons de tranfmettre à la poftérité quelques plaifanteries piquantes qui parurent à ce fujet.

L'épître fuivante nous a paru mériter d'occuper la premier place.

ÉPITRE

A SON ALTESSE MONSEIGNEUR LE DUC DE CH.....S,

Sur le changement du Palais-Royal.

C'EN eft donc fait! Eh! quoi nos plus beaux jours obfcurcis à jamais par ton bel édifice,
vont caufer les regrets des Ris & des Amours!
Et tu l'as pu penfer! Où eft donc ta juftice?

CE jardin fi vanté, de ton Ayeul augufte,
retraçait à nos yeux l'éclat & la fplendeur:

tu cherche à le détruire! eſt-ce ainſi que ton cœur
veut prouver à Paris que ton pouvoir eſt juſte?

RÉVOQUE cet Arrêt, cet Arrêt ſi biſarre :
laiſſe-nous les moyens de fixer les plaiſirs :
retrace à ton eſprit que comblant tes deſirs,
chaque ſoir, à minuit tu étais moins barbare.

OU pourrons-nous, hélas! mettre à l'encan
 nos charmes ?
Ecoute nos ſoupirs, écoute nos regrets :
ton projet accablant fiétrit tous nos attraits :
que ta pitié t'anime & tariſſe nos larmes.

SOUS ces arbres touffus, à l'ombre du myſtere,
& Plutus & l'Amour couronnaient tous nos vœux;
les jeunes & les vieux recherchaient à nous plaire,
payaient cher nos baiſers, & ſe croyaient heureux.

ILS ſont tous abbattus! il n'eſt donc plus d'azile!
ſous tes riches arcades, irons-nous déformais?
irons-nous raccrocher dans les rues de la ville !
QUIDOR à tout moment troublerait notre paix.

CE Suppot vigilant de la Police altiere,
le jour comme la nuit nous déclare la guerre,
tandis qu'en ton jardin, trouvant la ſûreté,
il n'oſait y troubler notre félicité

LES C... ſur ton cœur, n'ot-elles plus d'empire?
Ecoute le plaiſir par lequel tout reſpire ·
loge-nous dans ton ſein, protege nos ardeurs,
en échange reçois le tribut de nos cœurs.

PAR-TOUT

PARTOUT où tu voudras, au gré de ton ivresse,
favoure la jouissance au lieu de la tendresse :
Nous benirons tes jours, illustre Protecteur,
si ton cœur attendri nous donne le bonheur.

Ce fut ainsi que les chastes Nimphes de la rue Fromenteau & des environs du Palais-royal exprimerent, en mauvais vers, leur vive douleur, & leurs tristes supplications. Elles firent parvenir leur requête jusques sous les yeux du Prince, qui, devenu insensible aux malheurs & aux attraits de ces prostituées, eut à peine la patience de lire en entier leur longue Jéremiade.

Dès que le cœur a eu la complaisance d'écouter la voix de la vertu, le vice emprunte en vain les formes les plus séduisantes pour y reprendre son empire. La fermeté du duc de Ch...s n'éclatta pas moins à l'égard des habitans des maisons qui entouraient le Palais-royal : leurs remontrances, leurs plaintes, leurs prieres ne purent l'ebranler ; les sarcasmes les plus sanglans ne produisirent pas plus d'effet, non plus que les brocards les plus piquans : son Alt. S. r. se mit génereusement au dessus de ces fadaises & ne s'occupa que de l'execution de ses grands projets.

E

Pour

Pour laisser à la postérité une idée du génie du peuple français de notre siécle , & de son ressentiment contre le duc de Ch...s nous allons citer une seule des plaisanteries qui furent trouvées ingénieuses , & qui firent non pas le plus de fortune, comme le dit mal-adroitement l'Auteur du Libel que nous réfutons, mais bien qui firent le plus de bruit. Telle qu'elle soit , elle pensa beaucoup coûter à son auteur, le sieur Pergny. Cet imprudent avait fait graver une allégorie en tête de laquelle étaient écrits ces mots :

LE PRINCHE CHIFFONIER.

Son Altesse y était représentée avec assez de ressemblance, portant une hotte sur le dos, tenant à la main un croc, avec lequel il cherchait & ramassait, contre les bornes, des chiffons dont il emplissait sa hotte. Les vers suivans étaient au bas :

Tel est donc du Destin l'arrêt & le caprice!
Quel changement bisarre! oh cruelle injustice!
Ce matin dans le rang le plus grand, le plus beau;
ce soir de la Fortune un exemple nouveau ,
moi, Prince, suis réduit, oh disgraces contraires!
à chercher dans les coins par-tout des loque à terre.

LOCATAIRE.

Tout le sel de cette insipide épigramme ne se trouve,

comme

comme on voit , que fur le dernier mot qui fournit la double idée de *Loques à terre* , c'eſt-à-dire de chiffons, & de LOCATAIRES de maiſon, dont on s'imaginait fans doute que les nouveaux édifices du Palais-royal feraient longtems dépourvus.

Rien donc, ainſi que nous l'avons dit plus haut, ne fut capable de modérer l'ardeur du duc de Ch...s dans l'entreprife de changer la face du Palais royal : il adopta le plan qui lui fut préſenté ; & après avoir donné ſes ordres à ce ſujet, il s'occupa ſérieuſement du conſeil que le duc d'Orl..., ſon pere, lui avait donné.

La guerre qui femblait s'allumer entre la France & l'Angleterre lui fourniſſait un moyen bien facile de fatisfaire ſon humeur guerriere, & ſon ambition de ceuillir des lauriers, ou plutôt d'en mériter; car cette derniere expreſſion nous paraît plus naturelle, ſur-tout en parlant d'un héros qui va pourſuivre ſur mer les ennemis de ſa Patrie & de ſon Roi. Ce fut dans cette noble intention que le duc de Ch...s réſolut de demander, à Louis XVI, de l'occupation fur la flotte qu'on armait, & qui devait inceſſamment mettre en mer.

Tandis

Tandis que Louis, pere de fon peuple, s'occu-pait des moyens de couvrir de gloire Lui & la Patrie, & qu'il travaillait à humilier & à affaiblir pour jamais la nation orgueuilleufe qui paraît être née fon ennemie; le duc d'Orl... penfait férieufe-ment à faire jouer la comédie; froidement ac-ceuilli à la Cour de Verfailles, il n'y paraiffait que rarement, & préferait, avec raifon, l'avantage d'être le premier de fa cour, & de tenir le pre-mier rang au theâtre de Md. de Mont., à la gloire de fe courber à côté du Souverain, & de mériter de lui des regards de faveur : il ne pouvait donc rien auprès du Roi pour l'avancement du duc fon fils. Celui-ci rendait plus fréquemment fes de-voirs à Sa Majefté, & par une cour plus affidue s'efforçait d'obtenir un emploi dans lequel il pût fe fignaler & fe rendre digne du rang que la naif-fance & la fortune lui avait donné.

Louis XVI, par fa bonté naturelle, fon ca-ractere humain & fenfible, venait de mériter le furnom de JUSTE; fon régne heureux verfait dé-jà un doux oubli fur les calamités dont celui de fon ayeul avait eté fletri : les vertus s'approchaient

du

du trône avec plus de confiance ; & les vices conf-
ternés fuyaient l'afpect du Monarque, fe tenaient
cachés à Lucienne chez la Dubarry, & à Chatoux
chez le célèbre Meaupou, Chancelier de France.
Ceux qui ofaient refter à la Cour étaient forcés de
fe ranger à côté de leur protecteur le Maréchal
duc de Richel..., & d'emprunter comme lui la ca-
faque bizarrée de l'hypocrifie : les filles célèbres
& obfcures fuvaient la lumiere du jour, & leurs
producteurs défolés les abandonnaient pour s'occuper de leur propre fortune par des voies moins
deshonorantes.

Toutes les entreprifes du Roi paraiffaient devoir
être fuivies du plus heureux fuccès; tout confpi-
rait à fa fatisfaction parfaite : mais ce qui mit le
comble à fon bonheur fut la naiffance d'un fils,
qui, fi les vœux fervens que nous faifons pour
la Patrie, font exaucés de l'Eternel, fera à fon
tour le pere des Français, & l'héritier des vertus
& de la puiffance de fon pere.

L'Angleterre, toujours envieufe de la gloire &
de la profpérité de la France, à peu-près dans
le même tems, commença fes incurfions, & contre

la foi des traités, elle infulta, fuivant fon ancien ufage, le Pavillon Français. Le Roi prit de juftes mefures pour punir les traîtres & les audacieux. Les papiers publics, & les amufemens bruyans de la populace ont inftruit jufques à quel point cette intention réuffit..... Nous n'en dirons rien que ce qui pourra avoir trait à l'hiftoire du Prince dont nous faifons l'Apologie.

Le duc de Ch...s voyant une rupture bien décidée entre la France & l'Angleterre, crut qu'il ne pouvait choifir un moment plus favorable pour folliciter la place de Grand-Amiral : il prit foin d'orner fa mémoire de tout ce qu'il devait dire au Roi, & lorfqu'il fe crut en état, il prit le chemin de Verfaille, où, plein de cette confiance qui eft le préfage ordinaire du fuccès, il tînt au Roi ce difcours :

SIRE,

» Tout en chériffant la paix de la Nation, qui « forme le bonheur du peuple fur lequel vous « régnez, je gémiffais de l'indolence où votre « Nobleffe fe voyait plongée. L'envie d'une Na-

« tion

« tion de tout tems ennemie de la vôtre, a rallu-
« mé dans tous les cœurs français le defir de fou-
« tenir l'honneur inféparable de la nation. Héri-
« tier du Grand-Amiral de vos Etats, ce n'eft
« qu'avec douleur, fans être cependant jaloux du
« choix de Votre Majefté, que j'ai vu tout autre
« que moi chargé de la deffenfe de vos intérêts.
« La raifon feule m'a confolé. Je n'ignore pas les
« erremens de la difcipline militaire, & n'ayant
« aucun grade dans la Marine, je vous fupplie de
« me permettre d'en obtenir en qualité de Volon-
« taire fous le Commandant général de votre flotte,
« & de joindre à cette permiffion, celle de trai-
« ter avec mon très-cher & très-honoré Beau-
« pere, d'une Charge que je m'efforcerai de mé-
« riter par mes travaux & mon zèle à fervir Vo-
« tre Majefté ».

On ne nous a pas dit fi le Roi fut charmé ou
non de l'éloquence & de l'énergie de cette fuperbe
harangue ; mais on nous a communiqué la réponfe
de Sa Majefté, & nous nous faifons un devoir
de la tranfcrire ici avec la plus exacte fidélité.

« Je

« Je ne puis blâmer votre émulation : efforcez-
« vous de mériter les grades que vous demandez.
« Quant à la Charge de Grand-Amiral, Je veux
« que votre propofition me foit faite par votre
« Beau-pere lui-même, car je ne prétends point
« forcer fa main en aucune maniere, ni même té-
« moigner la moindre envie que cela foit ».

Le duc de Ch...s ne crut pas que cette réponfe
renfermât un refus pofitif; il alla trouver le duc
de Pinth... & lui fit fes propofitions. Le Grand-
Amiral lui répondit en ces termes : « le Roi eft
« maître de difpófer de ma Charge; j'attendrai
« fes ordres ». Son Alt. Sér ne concevant pas encore le vrai fens de cette réponfe, fit les préparatifs de fon départ, & laiffa bientôt fa tendre
époufe défolée de fon abfence. Il fallait courir
après les grades qui lui manquaient pour parvenir au dernier degré de fon ambition. Il s'imagina que tout allait plier à fa volonté; que la
mer, les vens, les Français, les Anglais propices
à fes vœux, lui accorderaient une faveur fi conftante & fi décidée, qu'au bout de quelques mois

il

il ne lui refterait plus rien à défirer. Gonflé de cette fumée qui fait les héros, il part pour Breft : à peine y eft-il arrivé que, s'imaginant faire une campagne, & même un voyage de long cours, il joint la Flotte en rade. Là, d'un œil curieux & étonné, il voit des manœuvres differentes à celles des fpectacles de Paris : il s'applique autant qu'il eft poffible à un Prince du fon rang, à fe former quelques idées de la conftruction & de la naviga-tion : fon efprit pénétrant trouve bientôt de la différence entre la coupe d'un vaiffeau de guerre , & celle d'un batteau d'huitres qui remonte la fcine pour venir empoifonner les Parifiens : bientôt il voit, avec ce plaifir vif que caufe la vue d'une mer-veille, les vaiffeaux de fa Majefté marcher au gré des pilottes & des commandans , fans emprunter les fecours des chevaux, comme la galiotte de Saint-Cloud. Il apprit en peu de tems à diflinguer la poupe d'avec la proue ; les noms des mâts, ceux des voiles principales lui devinrent familiers en peu de jours : tribord, babord, fabord, virer de bord, recevoir une bordée, lâcher une bordée, prendre chaffe, donner chaffe, donner fur l'enne-

F   mi,

mi, fe battre à portée & hors de portée , prendre la fuite furent des chofes & des actions qui lui devinrent auffi familiéres que l'Opéra, la Comédie Italienne, la Comédie Françaife, la rue St. Honorée, pourfuivre une jolie femme fur le ton, vaincre une belle Anglaife proftituée, céder a une grifette, baiffer pavillon à la Folie , &c. &c. &c. Les Dugay-Trouin & le fameux Jean-Barth, joignez-y même les plus fameux Marins de notre fiécle , n'en connoiffaient pas d'avantage lorfqu'ils faifaient leur apprentiffage dans la Marine. Les affaires fréquentes font les hommes d'affaires ; eh bien, les campagnes fréquentes fur mer font les hommes de mer, & il ferait abfurde & injufte de vouloir que le duc de Ch...s eût été plus parfait marin la premiere fois qu'il fe trouva fur la Flotte Françaife, que ne l'eft un mouffe de huit ans; car enfin chaque chofe à fon principe ou commencement.

On dit cependant à fa louange, qu'il s'était fait donner, avant fon départ de Paris, quelques leçons fur les manœuvres qui fe pratiquent dans les vaiffeaux, que la théorie indique , & qu'une lon-

gue

gue expérience enseigne ; & que pour faire l'aiffa_i de ses connaiffances dans cette partie , il entreprit de commander les manœuvres fur le vaiffeau qu'il montait. Les Officiers-généraux , par pure déférence, lui laifferent faire à fa volonté; & fi le hafard l'eût fervi favorab'ement, fon coup d'effai eut été le plus heureux du monde.

Le 8 juillet 1778, une flotte compofée de trente-deux vaiffeaux de ligne , accompagnés d'une infinité de frégates , appareilla du port de Breft. Ces vaiffeaux furent partagés en trois divifions; toutes étaient fous les ordres du comte d'Orvilliers , qui avait pour fecond , dans fa divifion , le comte de Guichen : la feconde divifion avait pour Commandant le comte Duchaffault , affifté de M. de Rochechouard : le duc de Ch..s , Prince du Sang, était à la tête de la troifieme divifion , il était fécondé par cet Amiral , comte de Graffe, de honteufe mémoire , & M. de la Motte-Piquet , quoiqu'Amiral , rempliffait l'emploi de premier Capitaine dans le vaiffeau que montait fon Alt. Sér. C'eft ainfi que pour conduire un géant à la liziére, dans fa plus tendre enfance, deux hommes de

la plus riche taille fuffifent à peine , & de peur
que l'enfant fe caffe la tête dans fes chûtes, on
le munit d'un bourlet.

Le 9 du même mois, c'eft-à-dire le lendemain ,
la flotte Anglaife qui , quelque tems auparavant,
avait eté devant Breft , & s'était refugiée à Ports-
mouth , remit en mer avec trente vaiffeaux de
ligne, quelques fr.gates & deux brûlots. Il n'y avait
pas un vaiffeau de cette flotte qui ne fut comman-
dé par un Marin connu par fon expérience, fon
habileté & fon courage.

A l'imitation , peut-être, de la flotte Françaife ,
la flotte Anglaife fut partagée en trois efcadres :
la premiere eut pour commandant fir Robert Hart-
land, Vice-Amiral de la rouge ; le Commandant
de la feconde , nommée l'efcadre bleue, était fir
Hugh Paliffer, Vice-Amiral ; à la tête de la troifieme , efcadre était l'Amiral en chef, Auguftus
Keppel , feconde par le contre-Amiral Campbell,
fon ancien ami , Officier diftingué par fes connaiffances & la bravoure.

Ces deux flottes, les plus belles & les plus fortes
que l'Ocean eut portées jufqu'alors, vinrent en vue
l'une

l'une de l'autre, le 23 du même mois, dans l'a-
près dîner. Quelle fut celle qui chercha avec le plus
d'ardeur à engager le combat ? Quelle fut celle qui
manœuvra avec ls plus d'intelligence ? Quelle fut
celle qui remporta la victoire ? Ce font des queftion auxquelles l'Angleterre feule pourrait répondre avec véracité. La flotte Françaife peut fe
flatter au moins d'avoir attaqué la flotte Anglaife,
d'avoir défemparé plufieurs de fes vaiffeaux, &
d'avoir eu les apparences au moins d'un avantage
peu confidérable ; mais voyons de quelle manière
fe comporta, dans cette act on douteufe, la divifion, & fur-tout le vaiffeau qui étaient fous les
ordres de fon Alt. Sér. Le vaiffeau que montait
le duc de Ch...s était appellé le St. Efprit, vaiffeau
du premier rang, outre cela abondamment pourvu
de munitions de guerre, & plus encore de pro-
vifions de bouche, fuivant l'ufage des vaiffeaux qui
portent des Amiraux. Un Gentil-homme de notre
fociété, qui a navigué quelque tems avec un Amiral, trouva fort injufte le reproche fait au duc de
Ch....s, dans le Libel que nous nous efforçons de
détruire, d'avoir eu des cuifiniers, des marmitons,

des

des officiers d'offices , des rotiffeurs & des fommeil-
lers fans nombre. Comme fi un Prince, difait-il ,
était moins Prince à bord d'un vaiffeau que fur
terre ! La Patrie , continuait-il , doit à tel prix
que ce foit procurer aux marins , fuivant leur
naiffance & leur rang, tous les befoins & tous les
plaifirs qui font en fon pouvoir ; auffi grands &
auffi difpendieux qu'ils puiffent être ; rien ne peut
compenfer les dangers & les peines que fouffrent
ces braves gens fur cet élément cruel, où pour
l'ordinaire toujours environnés de craintes & de
maux, ils font privés des douceurs de la vie , de
la jouiffance des femmes, des enfans, des amis, de
la Patrie & de l'Opéra.

C'eft avec une injuftice égale qu'on reproche à
fon Alt. Sér. d'avoir fait une ample provifion de
tapis & des cartes : à quoi veut-on donc qu'un Prince paffe fon tems fur mer ? Boir, manger, dor-
mir font des neceffités indifpenfables à la confervation de l'homme, mais ces mêmes néceffités n'ab-
forbent pas tous les momens de notre exiftence.
Veut-on qu'un Prince qui doit être Grand-Amiral de France , fuive fervilement la marche d'un

pilotin

pilotin qui, pour parvenir premier pilote, n'a dans la tête que gouvernails, bouffoles, cartes, compas, livres de Loq , &c. &c. ? Tous les amu-femens poffibles font permis dans un vaiffeau , pour-vu que le fervice n'y foit pas négligé , & que l'in-telligence & le courage fe trouvent réunis quand l'occafion s'en prefente : peu importe que l'on boi-ve, mange, que l'on danfe ou qu'on joue , pour-vu que l'on batte l'ennemi quand il fe préfente , & qu'on couvre fa Patrie, fon Roi & foi - même des lauriers de la bravoure & de la victoire. C'eft ainfi fans doute que raifonnait le duc de Ch...s , lorfque, favorifé par le hafard, il ruinait au jeu les Officiers de fon équipage , & ceux des vaif-feaux de fa divifion, qui s'expofaient à venir faire fa partie.

Quoiqu'il en foit, & qu'on en puiffe dire, tout allait pour le mieux dans l'efcadre commandée par le duc dn Ch...s , & conduite par fes tuteurs, lorfque le combat s'engagea.

L'Amiral Anglais plein de préjugés & d'amour-propre , & en même tems dans le deffein d'affu-rer ceux qu'il commandait de la victoire, avait fait

préparer

préparer une chambre très-propre & très-commode dans le vaiſſeau la Victoire, qu'il commandait, pour y recevoir ſon Alt. Sér. : avec cette noble fierté ordinaire à tous les Conquérans, ſa bravoure & ſon intelligence dans la Marine, l'avaient induit à la perſuaſion que le duc de Ch...s ferait infailliblement ſont priſonnier. Pour y réuſſir, il dirigea ſa courſe & ſon feu ſur le St. Eſprit qui lâchait, hors de portée, à tort & à travers mainte-&-maintes bordées. M. de la Motte-Piquet, capitaine à bord de ce vaiſſeau le St. Eſprit, Officier brave & intrépide, expérimenté & vraiment homme de mer, déſira commander la manœuvre, mais le duc de Ch...s n'y conſentit point, voulant qu'on attribuât à lui ſeul la gloire & l'avantage d'avoir, par ſon courage & ſes talens, rabbatu l'orgueil du préſomptueux & audacieux Keppel. Cependant les manœuvres commandées & exécutées de part & d'autre rapprochèrent beaucoup les combattans : bientôt le St. Eſprit ſe trouva dans le plus éminent danger d'être ou coulé à fond ou d'être pris; la prudence & la valeur de ſon Alt. Sér. & celle de M. de Graſſe,

ſe

se trouverent infuffifantes à la circonſtance, & ſur‑
tout au feu des ennemis qui les chauffaient de très‑
près. Cependant l'Amiral Français s'apperçoit de
la detreſſe du St. Eſprit, lui fait des ſignaux utiles
& néceſſaires; mais la terreur avait aveuglé les
Commandans qui ſe croyaient ſans doute avant le
combat, dans une eſpèce de camp de reſerve, c'eſt
à-dire qui étaient dans la plus grande ſécurité;
perſonne ne voit les ſignaux donnés, perſonne n'y
répond, on commence même à ne plus ripoſter au
feu de l'ennemi; on ſe replie ſans ſavoir où l'on va,
ſous la ſeconde diviſion, au lieu de reprendre ſa
place, & de continuer bravement le combat, &
par une manœuvre fauſſe, mauvaiſe & digne de
blâme, le St. Eſprit allait devenir la proie des An‑
glais ſi le vaiſſeau le Languedoc ne fût accouru à
ſon ſecours, & ne l'eût couvert entièrement
de l'ennemi, dont il reçut lui-même tous les
efforts pendant que le duc de Ch...s ſe retira du
mieux qu'il put, jurant ſans doute, qu'on ne l'y re‑
prendrait plus.

Par tout ce qui vient d'être dit, on voit bien
que l'on ne peut reprocher au duc de Ch...s dans

 cette

cette affaire, que l'ignorance de la Marine & un défaut de docilité ; quant à son courage, on ne peut le révoquer en doute, puisqu'il est vrai, suivant l'assertion de témoins oculaires, que son vaisseau commença à tirer des premiers, avant même que l'ennemi fût à portée de voir ou d'entendre le feu de ses batteries. Il s'est trouvé cependant des calomniateurs insignes assez animés contre ce Prince pour oser dire que, durant tout le tems de l'action, c'est-à-dire tant qu'il y eut du danger à se tenir sur les ponts, il était dans la calle entre les bras du comte de Genl..., son tendre ami, lequel, peu accoutumé lui-même aux concerts de semblables instrumens, faisait avec lui un duo de crainte, & représentait la scène la plus attendrissante. Enfin chaque vaisseau reprit sa place en bon ordre ; le courage revint à ceux qui avaient été intimidés faute d'usage ; & à sept heures du soir, les Français & les Anglais, contens les uns comme les autres d'avoir battus leurs ennemis, & remporté une victoire signalée, firent voile & se quitterent pour aller réparer leurs dommages les uns vers Brest , les autres vers Ply-

moult

moutlh, où ils furent acccuillis aux acclamations de joie du Public, comme les reſtaurateurs de la gloire & de la sûreté de leurs Patries reſpectives.

La Flotte Françaiſe une fois rentrée à Breſt, le duc de Ch...s ne penſa plus qu'à retourner à Paris. On lui avait fait à croire qu'il s'était comporté, ſans s'en douter, avec le plus grand héroiſme, & qu'il méritait les plus grands eloges & du Roi & de toute la France. Plein de cette idée, qu'1 avait lui-même peine à nourrir dans ſon imagination, il partit le plutôt qu'il lui fut poſſible de Breſt pour Verſailles, où il arriva le premier août. Le Roi, peut-être par un preſſentiment dont on ne peut rendre raiſon, ne lui fit qu'un aſſez froid acceuil, malgré les détails circonſtanciés de la victoire douteuſe remportée ſur les Anglais, dans la journée du 27 juillet précédent.

Cette réception n'ayant rien diminué de la ſatisfaction intérieure du duc de Ch...s, il vînt tout triomphant à Paris, le 2, & deſcendit à ſon Palais ſur les cinq heures du ſoir. Tous ſes appartemens étaient remplis de courtiſans qui l'attendaient. Les eſcaliers - même étaient ſi pleins de monde

monde qu'il eut peine à monter dans fes appartemens. L'abbé Delaunay lui avait préfenté, à la
defcente de fon caroffe, une piece de vers intitulée Bulletin du Parnasse, qu'il ne fe
donna pas le tems de lire ; & nous nous faifons
un vrai plaifir de publier ici qu'il facrifia quelques inflans entre les embraffemens de fa digne
époufe & de fes charmans enfans, avant de voler
à fon cher Opéra. Là, il s'attendait bien de re-
cueillir de nouvelles acclamations qui mettraient le
comble à fa gloire & à fa fatisfaction. Il parut
d'abord fur fon balcon avec Madame la Ducheffe :
le peuple, en les voyant, exprima par des cris
de joie le plaifir que cette fcène lui caufait. Le
Prince fe rendit enfuite à l'opera : tous les fpectateurs fe levèrent & l'applaudirent pendant près
d'une demie-heure. L'orcheftre joignit fon bruit
à celui de l'affemblée, & exécuta de bonne foi
une fanfare triomphale. On avait, dit-on, délibé-
ré de lui préfenter une couronne ; mais quelqu'un
plus fage que les autres, propofa de différer ce
dernier acle de triomphe, jufqu'à ce que la Renommée eût publié, avec fa trompette véridi-
que,

tique, les circonſtances du combat, & l'avantage de la victoire.

Cette ſage repréſentation n'empêcha pas que l'on exécutât un concert ce ſoir même chez le Prince; Mlle. Arnoux & l'Arrivée y déployerent tous les charmes de leurs voix , & toutes les grâces de leurs individus. Le zèle & l'enthouſiaſme de la premiere, en chantant ſon héros, furent ſi grands, que ſa voix ne correſpondant pas avec ſon cœur, elle fut huée à pluſienrs repriſes.

Les vers préſentés à leurs Alt. Sér. étaient de la compoſition du ſieur Moline, qui les avait aſſaiſonnés des flatteries les plus plattes & les plus fades, & d'hiperboles du dernier ridicule.

La Comédie Italienne , que le Prince honora dès le lundi ſuivant, pour ne pas perdre la gloire d'y être loué & complimenté, avait fait un compliment qu'elle exécuta avec beaucoup d'eſprit; mais il etait plus relatif au plaiſir qu'elle reſſentait du retour du Prince, qu'à la victoire qu'il avait remportée. Ce même ſoir quelques habitans des environs du Palais-royal, & pluſieurs perſonnes

sonnes qui sont attachées à ce jardin , comme des chenilles à l'arbre où elles ont pris naissance, se cottisérent pour y donner une pitoyable musique , & y faire exécuter un triste feu d'artifice. Toutes les fenêtres qui donnaient alors sur le jardin furent illuminées; la populace eut la liberté d'entrer même dans les appartemens, & la licence fut si grande dans le jardin , que les orgies & les bacchanales n'offrirent jamais aux Payens des tableaux plus obscènes.

La Princesse sensible aux démonstrations d'applaudissemens & de satisfaction d'un peuple en délire, & partageant la gloire & la joie de son cher époux, ne put se refuser à se promener cette nuit dans le jardin. Mlle. Arnoux instruite du moment où leurs Alt. Ser. passaient sous ses fenêtres, s'efforça de réparer l'honneur de son gozier en célébrant de nouveau leur gloire; & elle y réussit de la maniere la plus heureuse.

Le lendemain le duc de Ch...s se trouvant encore à l'Opéra, reçut un nouveau grain d'encens que lui offrit l'Arivée dans le rôle de Ricimer de l'Ernelinde.

Ce fut ainsi que le duc de Ch...s, mal instruit lui-

lui-même sur son propre mérite, s'enivrait à longs traits de louanges flatteuses qui devaient bientôt se transformer en reproches & en ridicules, & prenait des couronnes de fleurs & de feuilles artificielles pour des couronnes de laurier.

Nous ne finirions pas si nous voulions donner même un précis des folies auxquelles le peuple credule s'abandonna dans son enthousiasme ; nous n'en citerons qu'une seule. Des Badauts, sans-doute attachés à la Maison du duc de Ch.....s, avaient habillé un mannequin, pour figurer l'Amiral Keppel, qui, suivant eux, avait été le champion que son Altesse avait vaincu : un faiseur de plats impromptus composa, en ce tems, une complainte sur la défaite de cet Amiral : cette charmante complainte fut chantée avec tous ses agrémens en présence de leurs Alt. & d'une assen blée innombrable : mais ce qui excita encore plus les battemens de mains & la satisfaction des spectateurs, fut la tragédie pour rire qui suivit immédiatement les tristes couplets : Keppel fut mis dans un tombereau, & après y avoir été bien baffoué, avoir reçu toutes sortes d'injures, d'insultes & d'imprécations, quatre badauts, dans un accès

de

de frénéfie, le jetterent à l'eau, dans le baſſin. D'autres ſots, pour aggraver encore le ſort malheureux du pauvre mannequin Keppel, le chargerent des chaiſes & des pierres qu'ils trouverent ſous leurs mains.

Tandis que toutes ces fêtes ſe donnaient à Paris, les ports de France, & dejà quelles ques villes de l'intérieur du Royaume, retentiſſaient de chanons faites à la gloire du duc de Ch...s, de l'Amiral d'Orvil... & du Miniſtre de la Marine. Le fils d'un Négociant de Bordeaux, dont le nom PERICY doit à jamais être conſervé dans les regiſtres de la Mémoire, inventa les couplets ſuivans qui furent chantés dans toutes les provinces méridionales, par les petits & les grands, par les nourices mêmes pour endormir leurs enfans.

Air *C'eſt la Fille a Simonette.*

ECOUTEZ bien la nouvelle
que je vais vous raconter :
le récit eſt très-fidelle,
vous pouvez tous y compter :
il s'agit de notre gloire,
de valeur & de ſuccès,
dès qu'on parle de victoire
çà regarde les Français.

D'Orvilliers

D'Orvilliers, hors de la Manche,
arborait depuis longtems
pavillon à flàme blanche,
entouré de braves gens.
Keppel paraît, on le pique,
animé par le dépit,
il va, comme un hérétique,
attaquer le SAINT - ESPRIT.

Aifément on imagine,
qu'en voyant ce furibond
le Saint-Efprit l'illumine
d'une nouvelle façon :
d'Orl. qui vient combattre,
faifant pointer fes canons,
fe bat comme un Henri-quatre,
c'eft l'ufage des Bourbons.

D'Orvilliers qui partout veille,
chauffe l'Anglais Amiral,
qui baiffe bientôt l'oreille
devant l'affreux bacanal.
Que faire ? A quoi fe refoudre ?
il fe fauve au fil de l'eau :
difant qu'il a vu la foudre
embrâfer tout fon vaiffeau.

Pourfuivant ce téméraire,
nos trois braves Genéraux,

H   fur

fur les côtes d'Angleterre,
ent fait briller leurs fanaux.
Keppel, en rufe fertile,
a bientôt fçu leur prouver
qu'un marin, vraiment habile,
fans fanaux peut fe fauver.

SART... accourt de Verfailles,
la joie était dans fon cœur.
Louis apprend la bataille,
avec le nom du vainqueur :
quel doux tranfport d'allégreffe
produit cet exploit fameux!
tout lui plaît, tout l'intéreffe
dans fes fujets valeureux.

D'un avenir bien finiftre,
je vois l'Anglais menacé :
laiffons faire ce Miniftre
il a fi bien commencé :
avant la fin de la guerre,
il fera, je le prédis,
la Police en Angleterre,
comme il l'a faite à Paris.

Nous laiffons au Lecteur, inftruit & impartial,
le jugement du mérite de cette chanfon charmante,

mante, qui a fait tant de bruit dans la France, & tant de fenfation dans l'efprit du duc de Ch..s. Tout y refpire le bon goût, tout y eft vrai, tout y eft exprimé d'une maniere tout-à fait nouvelle.

Parmi une infinité de chanfons du goût de la précédente, il s'en trouva encore une qui ne peut manquer de tranfmettre dans les fiécies à venir, l'illuftre mémoire du duc de Ch...s. Celle-ci fut intitulée,

LE DEJEUNER
ANGLAIS

Air : JUPIN UN JOUR EN FUREUR.

J'AI fouvent fait réflection
que le matin d'une victoire,
tous les favoris de la gloire
avaient un fommeil profond :
ainfi Condé, tel Alexandre,
aux champs d'Arbelle & de Rocroi,
dormaient dans la bonne foi,
dormaient dans la bonne foi,
qu'on devait les attendre.

Monfeigneur il faut vous lever,
dit Foiffi, chaud comme une braife;

Foiffi, Ecuyer de Son Allteffe-Sér.

l'Amiral

l'Amiral de la Flotte Anglaiſe
vous demande à déjeuner.
Quoi, dit Bourbon, cet hérétique
vient viſiter le SAINT-ESPRIT !
par ma foi , ſans contredit ,
l'aventure eſt unique.

Qu'on s'apprête à le fêtoyer ,
dit Bourbon à ſon équipage ;
pour maître-d'hôtel de paſſage
je choiſis un canonier :
l'Amiral arrive , & s'étonne
de trouver tout prêt le repas ;
on traite juſqu'aux goûjats ,
car Monſeigneur l'ordonne.

Pour mieux régaler les Anglais ,
on joignit à la bonne chere ,
un excellent vin de Tonnerre ,
que Mars fit tirer tout exprès.
Les têtes anglaiſes tournèrent
pour avoir vuidé maint flacon.
Parbleu ! le vin était bon ,
mais beaucoup en crevèrent.

Keppel rentrant ſur ſon pallier,

n'avais

n'avait non plus tête fort faine ;
foit trop de boiffon, foit migraine▪
il tomba dans l'efcalier :
pour le remettre dans fa route,
Bourbon ordonne en quatre mot
qu'on allume les falots,
Keppel n'y voit plus goûte.

Il faudrait vraiment n'avoir aucune connaiffance ni des beautés, ni des grâces de la Poëfie Fran
çaife, ni même de la richeffe de cette Langue,
pour ne pas s'arrêter d'admiration à chaque vers
de cette chanfon, dont prefque chaque mot eft
une épigramme des plus heureufes.

On jugera bien autrement fans doute, & avec
raifon, de l'infipide & méchant Vaudeville que
compofa un Poëtereau envieux certainement du
fuccès & de la gloire du duc de Ch...s. Cette pro-
duction calomnieufe vola fur les aîles de la Renommée, paffa de main en main, d'oreille en
oreille, de bouche en bouche; & après avoir par-
couru la Capitale & les provinces, parvînt-même
jufques à la Cour, où elle fut, dit-on, fort accueil-
lie, & très-goûtée, tant eft grande la dépravation

du

du goût & des mœurs : on assure-même qu'elle fut chantée à table en plusieurs petits comites. L'Auteur porte la raillerie piquante jusques dans l'air-même de son Vaudeville qu'il adresse à son Alt.-Sér.

Air : *Des Revenans.*

VOUS faites rentrer notre Armée,
l'Angleterre , très-allarmée ,
vous en louera :
& vous joindrez à ce suffrage,
les lauriers & le digne hommage
de l'Opéra.

Quoi! vous avez vu la fumée !
Quel prodige ! la Renommée
le publiera :
revenez vîte, il est bien juste
d'offrir votre personne auguste
à l'Opéra.

Tel cherchant la Toison fameuse,
Jason sur la mer orageuse
se hasarda ,
Il n'en eut qu'une, & pour vos peines,
il vous en promet deux douzaines
à l'Opéra.

Chrs

Chers Badauts, courez à la fête ;
parmi vous criez à tue-tête,
Bravo ! Brava !
cette grande action de guerre
est telle qu'il ne s'en voit gueres
à l'Opéra.

Grand Prince poursuis ta carriere,
franchis noblement la barriere
de l'Opéra.
par de si rares entreprises,
à jamais tu t'immortalises
à l'Opéra.

Qui pourra jamais croire que des Français de la premiere classe, & du plus haut mérite, aient trouvé dans de telles platitudes, le sel de nos anciens, la gaieté & la fine raillerie française ; & que le comte de Maurep. lui-même, qui deteste les plaisanteries, ait pris plaisir à les entendre, à les lire, à les chanter ! D'un autre côté, l'Auteur téméraire du Noël abominable, dont nous avons parlé au commencement de notre present Ouvrage, met dans la bouche du duc de Ch...s le couplet suivant :

Air : *Des Bourgeois de Chartes*

Ch...s disait : l'Histoire

s'occupera

s'occupera de moi.
La plus brillante gloire
couronne mes exploits:
je voulais essayer
d'adoucir l'onde amère,
ma Flotte a si bien manœuvré,
qu'elle n'a fait pendant l'été
que de l'eau toute claire.

Ce qu'il y a de singulier, c'est que pendant que ces choses se passaient en France, l'amiral Keppel, & les autres Amiraux Anglais rentrés dans leurs ports, avec toute l'apparence fastueuse de Conquérans, recevaient dans la Capitale & la Cour les acclamations, les lauriers, les récompenses, les fêtes & les noms de libérateurs de la Patrie, & conservateurs de la gloire du pavillon Anglais. On célébrait, de la maniere la plus solemnelle, la défaite de la flotte Française mise en suite dans l'état d'un désastre irréparable ; & l'on publiait tout haut que le St. Esprit n'avait échappé qu'à force de voiles, & parce qu'il avait été couvert par la bravoure du capitaine du Languedoc.

Bientôt le Tems qui n'aime pas que la Vérité soit couverte du voile le plus léger, & qui

au

au contraire a grand foin de le déchirer , pour avoir le plaifir de la faire voir toute nue , la découvrit aux yeux perçans de la Renommée. Toute l'action de la journée de Oueffant fut foumife à fa curiofité , & bientôt elle en informa toutes les Nations. Cependant, malgré fon rapport fidelle , l'Angleterre ne pouvant plus fe vanter d'une victoire remportée, fe flatta que la flotte de fon ennemi aurait été détruite fi l'Amiral Hugues Palifer avait obéi aux fignaux qui lui avaient été faits par Keppel de fe remettre en ligne pour renouveller le combat. Et pour donner de la vraifemblance à l'avantage prétendu qu'elle s'attribuait , elle s'imagina d'engager Keppel & Palifer dans un procès dont la fin n'éclaircit aucuns faits plus que les rapports douteux des deux parties en conteftation.

La France de fon côté , dans l'impoffibilité d^e prouver que fa flotte avait remporté la victoire fur les Anglais, fe contenta de dire qu'elle avait mis leurs vaiffeaux hors d'état de continuer la campagne, & dans la néceffité de rentrer dans leurs ports fans fanaux & fans bruit ; & le comte d'Orvil. jouant le

I

même

même rôle que Keppel, affura que la victoire ne lui était échappée que par la faute du duc de Ch..s qu'il accufa fans aucun égard, pe n'avoir pas répondu aux fignaux qui lui avaient été faits, d'avoir évité le combat dans un tems utile, & d'avoir, par de fauffes manœuvres, & en ne gardant pas l'ordre de bataille, empêché une partie de la flotte Française de combattre avec avantage, parce qu'elle était, dans le fort de l'action, occupée à le mettre à couvert du feu de l'ennemi, qui, fans la réfolution & la valeur de fes équipages, eût coulé à fond, ou pris le St. Efprit & fon illuftre Com⁻mandant.'

Ce fut d'après ces plaintes & ces éclairciffemens que le peuple revenu de fon enthoufiafme vit les chofes bien différentes de ce qu'un premier rapport, & un premier coup d'œil lui avaient offert. La confternation & le découragement fuccédèrent aux cris de la victoire; les brocards, les couplets, les épigrammes fuccédèrent également aux louanges & aux triomphes prématurés; le Héros difparut, & l'on ne vit plus qu'une ombre trifte revenir conftamment à l'Opéra.

Quoiqu'il

Quoiqu'il en foit, en fuppofant que l'accufa-
tion de M. d'Orvil. contre le duc de Ch...s paraiffe
fondée, elle n'eft cependant pas jufte ; il eft vraiment
exempt du blâme dont on cherche à le couvrir :
les feuls coupables font les officiers commandans
fous fon Alt. Leur expérience confommée devait
fuppléer à celle qui lui manquait ; leur courage
devait féconder fon ardeur ; la prudence ne devait
pas errer par déf rence pour ce Prince peut-être
trop hafardeux. Nous ne pouvons nous empêcher
de dire ici que la conduite de fon Alt. Sér. , dans
toute cette affaire, où il était abfolument neûtre ,
ne méritait en général ni eloges ni reproches.

Cette difgrace l'humilia d'autant plus fenfible-
ment, qu'elle lui fit perdre tout à la fois l'efpoir
de devenir bientôt Grand-Amiral , & le goût de
retourner en mer.

Cependant pour ne das refter dans l'inaction,
le duc de Ch...s demanda & obtint la charge de Co-
lonel général des Huffards & troupes légeres. Ce
commandement lui convenait d'autant mieux, qu'il
eft habile écuyer, & qu'il aime paffionément les
chevaux. Il ne tarda pas à aller à la tête de fon corps,.

&

& à force de le faire manœuvrer, il y prit ce goût décidé pour les beaux chevaux & les courſes, qui depuis quelques années ſont devenues pour lui un amuſement très-lucratif, & pour les oiſifs de la Capitale un ſpectacle aſſez mauſſade.

Ces courſes cependant n'empêcherent pas le Prince de revoir de tems en tems ſes anciennes connaiſſances de l'Opéra & autres ; il y eut eu de l'inconſtance de ſa part, & même de l'ingratitude, car toutes les filles l'avaient loué à l'envie l'une de l'autre, & avaient témoigné la joie la plus vive & la plus ſincere de ſon triomphe, au point même que l'on aurait cru, en voyant leur delire, qu'elles partageaient la gloire du héros dont elles avaient, au paravant ſa victoire, partagé les plaiſirs.

Mais revenons anx courſes : quelques perſonnes prétendent que ce ne fut ni ſa nouvelle Charge, ni les manœuvres des huſſards & troupes légeres qui developperent en lui le germe de ſa nouvelle paſſion ; c'eſt-à-dire de cette paſſion pour les chevaux & les courſes : elles prétendent au contraire que ce développement ſingulier fut l'effet de la fumee du feu des vaiſſeaux Anglais dans le combat d'Oueſ-ſant.

   ant : c'eſt ainſi, aſſurent ces Meſſieurs, que de ſim-
ples vapeurs infectées & empoiſonnées, ſorties du
ſein de la terre dans un pays, volent au loin éten-
dent leurs ravages, & donnent la mort à quiconque les reſpirent. C'eſt ainſi, continuent-ils, que
dans la Bithinie le vent de nord fait ſa cour aux
belles jumens, les careſſe, & qu'elles ſont emplies
ſans autre ſecour que celui de ſon ſouffle C'eſt ainſi, enfin que .... mais voilà aſſez d'autorités pour
faire croire au moins que l'idée de ces Meſſieurs
peut être fondée ſur quelque vérité ; pour nous,
nous ne ſommes pas aſſez grands Phyſiciens pour
oſer porter notre jugemeut ſur une matiere auſſi
peu connue.

   Quoiqu'il en ſoit ſon Alt. Sér., poſſédé de la
manie Anglaiſe, commença à faire venir de Londres, tous les linges, habits & hardes à l'uſages de
ſon corps, des voitures, des chevaux, des jocqueis,
& s'amuſa ſouvent d'une maniere délicieuſe, dans
l'incognito le plus grand, ſous la forme d'un pal-
frenier.

   Ce fut lui qui apporta, par ſon exemple, non-
ſeulement les modes des Anglais, mais encore leurs
manieres

manieres, & fur-tout celles qui font leurs caractéristiques reconnus par toutes les Nations de l'Europe.

C'eft également à fon Alt. Sér. que nous devons l'ufage nouvellement adoptés par les honnêtes femmes, les femmes entretenues & les fats, jeunes fou vieux, d'avoir jour & nuit à leur fuite pour mercure, pour adonis ou pour ganimède, de jeunes poliffons ramaffés dans les bouës de Paris, vêtus & coëffés à l'Anglaife.

Il ne faut pas confondre les jocqueis, dont nous venons de parler, avec ceux que le duc de Ch..s fit venir de Londres pour monter fes chevaux de courfe. Ceux-ci n'étaient point empruntés, ni trouvés; ils étaient payés comme gens qui favaient leur métier, & fur lefquels on pouvait faire fond en partageant avec eux, comme de raifon, le bénéfice du commerce.

La critique a encore trouvé à dire à cet amufement du duc de Ch...s. Mais les perfonnes qui n'ont contre fon Alt. Sér. aucun préjugé defagréable, ne peuvent s'empêcher de l'admirer & de le louer de ce qu'il joint toujours, même dans fes amufemens, l'utile à l'agréable.

Nous

Nous ne comparerons pas les courſes, dont nous avons parlé ci-deſſus, avec ces courſes ſi fameuſes dans la Grèce & à Rome; dans leſquelles les Dictateurs, dans des chars de triomphe, s'efforçaient de ſe ſurpaſſer eux-mêmes, pour faire connaître aux peuples leur valeur, leur force & leur adreſſe; & dans leſquelles déployant, à ces mêmes peuples, toute leur pompe & leur magnificence, ils leur imprimaient le reſpect & l'obéiſſance. Deux mots ſeuls ſuffiront pour faire voir que la comparaiſon ſerait choquante.

Des jocqueis Anglais ſont les héros qui ſe diſputent la palme d'avoir le cheval le plus leger ou le plus heureux; voilà en quoi conſiſtent les courſes d'aujourd'hui.

C'eſt donc par le moyen des jocqueis & des chevaux Anglais, que les Princes ſe diſputent l'avantage de gagner les gajures conſiderables qui ſe font entr'eux, & dont le prix eſt accordé ſeulement à l'habileté des jocqueis & à la ſoupleſſe des jarets des courſiers.

Le haſard qui ſervit toujours le duc de Ch...s à ſouhait, ne ceſſe de le favoriſer encore dans ces courſes:

courfes : il eft rare qu'il y perde ; & il gagne fréquemment des fommes coniiderables. Le comte
d'Art... l'éprouva à fes dépens ; un jour ce Prince
ayant prié le Roi de s'intéreffer avec lu. dans un
pari fait avec le duc de Ch...s ; Sa Majefté lui repon-
dit en ces termes : j'y rifquerai volontiers un petit
écu. Leçon charmante que faifait le Roi à fon frere
de ne plus s'expofer à des pertes prefque certaines

Le Libel infâme que nous avons fous les yeux, &
auquel nous engageons nos lecteurs chrétiens de n'a-
jouter aucune foi, prétend que la fraude avait plus
de part que toute autre chofe dans les fuccès du
duc de Ch...s aux courfes. Il faifait, dit-il, propo-
fer en fous-main, à une perfonne, des paris ine-
gaux dans lefquels il s'intéreffait d'un dixieme, tandis qu'il était de moitié dans le parti contraire.

Mais en fuppofant même que cette allégation
fut vraie, le duc de Ch...s ne ferait pas plus condamnable que les autres Princes ou Princeffes qui
trichent habituellement au jeu. Si les uns trompent
pour gagner dans leurs amufemens, & y trompent
impunément ; pourquoi cet avantage ferait-il refufé à fon Alt. Sér.? Cela ferait auffi injufte que fi l'on

faifai

faifait un crime aux grands Seigneurs de fe trom-
per tous les jours , réciproquement , dans le commerce qu'ils font actuellement de leurs chevaux &
de leurs voitures. Tout le monde fait qu'il y aurait
de la ftupidité à fe faire le plus léger fcrupule de
manquer à la bonne foi dans ces fortes de marches.

Tandis que le duc de Ch...s s'amufait ainfi aux
courfes des chevaux anglais, dont il fortait prefque
toujours victorieux; il ne s'occupait pas moins fé-
ricufement de l'exécution de fon nouveau Palais-
royal : il en avait cependant remis le foin principal
à un certain fieur Seguin, homme tout devoué à
fon Alt. Sér. , qu'il fervait avec zéle de tout fon
pouvoir. Il était forti de fa province pour certain
démêlé férieux qu'il avait eu avec un Lieutenant-
criminel; il y avait quelque tems qu'il battait le
pavé de Paris, fur lequel il végettait à peine, lorfque la fortune, fatiguée de le maltraiter, le mit
fous les yeux du Général des huffards, qui l'employa d'abord à la découverte des objets qui pour-
raient contribuer à fes plaifirs. Cette charge ayant
approché Séguin de la perfonne du Prince, &
l'ayant même rendu affez familier, il confeilla à

K   fon

fon Alt. Sér. de demander au Confeil, des Lettres-
Patentes qui l'autorifaffent à percer & former trois
rues fur le terrein du Palais-royal : il ne fe contenta pas d'en préfenter un plan magnifique au Prince,
mais il lui donna en même tems l'état du bénéfice immenfe qui en réfulterait pour fon Alt., qui
ne manqua pas , en homme prudent , de l'approu-
ver, de l'agréer & d'en ordonner la plus prompte
exécution.

Le Public pour lors, ainfi que nous l'avons déja dit, fit des plaintes amères, mais inutiles, contre
une telle entreprife; il fortait mille farcafmes, mille
injures, mille imprécations de deffous les racines
de chaque arbre qui était arraché. Le fameux arbre de Cracovie fit verfer, dans fa chûte, les larmes de cent & cent vieux radoteurs ; fa deftruc-
tion fut annoncée dans les Journeaux ; & les plus
mauvais burains de la Capitale ont été employés
à faire gémir le cuivre pour en perpétuer le fouvenir à la poftérité la plus reculée.

Mais le Tems qui verfe le beaume le plus doux
fur les bleffures que les regrets & la douleur font
fur les cœurs des hommes, commence à tranquil-
lifer

lifer l'efprit du Public, qui voit avec plaifir & étonnement un petit jardin déja formé , dans lequel il jouira, dans une vingtaine d'années, d'un ombrage agréable : en attendant il pourra prendre le frais fous les portiques qui reignent à l'entour, & s'y mettre à l'abri des injures du tems : fon œil eft déja flatté par la majefté de tout l'édifice , mais particuliérement par fon couronement, dont on ne vit jamais le pareil que fur de grands magafins. Une perfonne de notre Société , qui s'y promenait il y a environ trois mois, nous dit avoir entendu un admirateur dire à un homme diftingué, qui lui demandait fon fentiment fur cet édifice ; qu'il était d'autant plus admirable à fes yeux , qu'il lui femblait voir une nouvelle république compofée de gens de l'efpèce des premiers Romains, auxquels l'enlèvement des femmes du voifinage ferait cependant inutile, parce qu'il y entrerait vraifemblablement plus de put... que de héros : qu'à l'égard des ornemens, il les trouvait très-refpectables, puifque c'était des fleurs-de-lys, des branches de chêne, de laurier, d'olivier & des attributs de Mars : mais qu'il aurait préféré d'y voir , relativement aux habitans

bitans qui en occuperaient les logemens, des attributs de la Vénus proſtituée, & ſur-tout des couronnes allegoriques à l'imitation de celle ſous laquelle on repréſente Céſar, & qui aulieu d'être de
feuilles ou de branches de lauriers, &c. était formée de c . . . attachées les uns aux autres par leurs
p. . . ., ce qui devait donner à cet Empereur un air
ut à fai t reſpeĉable.

Pour nous qui ne ſommes pas difficiles, nous
trouvons que le nouveau Palais-royal, tout léger
tout joli, peut bien reſter tel qu'il eſt, & que le
Public doit s'en contenter pour le prix qu'il lui
coûte : & que ce même Public a eu grand tort de
ſe dechaîner, comme il a fait, contre ſon Alt Sér.
pcur quelques vieux arbres, dont grand nombre
périſſait chaque année.

On aurait peine à croire juſqu'où fut pouſſée l'i-
nimitie publique, & combien le duc de Ch...s
eprouva de deſagrement, non meritès, à ce ſujet:
nous allons en citer un qui ne fut pas le plus léger.

Le Roi s'entretenant un jour, avec le duc de
Ch...s, d'une comédie intitulée le Roi de Cocagne,

qui

qui fe jouait alors à la Comédie Françaife, & qui faifait courir tout Paris, Sa Majefté lui dit : ce Roi de Cocagne fait bien des folies ; mais je fuis perfuadé, M. le Duc, que, malgré fes extravagances, vous ne fauriez lui refufer de la prudence. En quoi donc, Sire, répondit fon Alt. Sér. ; c'eft, répliqua Sa Majefté, qu'il ne fait point bâtir de rues dans fon jardin. On dit que depuis ce tems-là le fobriquet de PRINCE DES RUES lui eft refté.

La duchelfe de Ch...s elle-même fit tous fes efforts pour perfuader à fon époux d'abandonner fon entreprife. Que penfera-t'on ? Que dira-t-on de votre Alt. ? lui difait-elle avec toute la douceur qui la caractérife ; je m'en f.., lui répondit le duc de Ch...s avec énergie : un écu dans ma poche vaut mieux pour moi, que toute l'eftime publique. Sentiment vraiment philofophique & chrétien ! Qu'eft-ce donc que toute la gloire de ce monde ? aux yeux du fage & du grand homme, ce n'eft qu'une fumée que le même inftant voit naître & difparaître. D'ailleurs chacun a fes inclinations & fes plaifirs : l'un méprife ce que l'autre eftime, & l'un & l'autre croyent avoir raifon.

Ce qu'on fe permit pour lors de plus hardi con-

tre

tré ce Prince, fut un placard qu'on afficha au haut du grand efcalier du Palais, dans lequel on lui donnait l'idée d'ouvrir une foufcription qui lui fournirait l'argent néceffaire pour bâtir les rues projettées; & on lui affurait que fi chaque perfonne, dont il était méprifé, fourniffait feulement un écu, il aurait encore de quoi bâtir même une ville confidérable. Le duc de C...s eut la grandeur d'ame de méprifer ces injures hyberboliques, & de n'y répondre que par un je m'en f..., & il eut raifon.

Ce fut fans doute à cette occafion que l'Auteur du fameux Noël déjà cité, compofa, fur fon Alt. Sér., le couplet fuivant :

> En calculant d'avance
> fon nouveau bâtiment,
> Ch...s en diligence
> arriva dans l'inftant :
> de ma Société, dit-il, je me contente.
> Je fais bâtir un bel hôtel,
> d'un jardin j'ai fait un bord...,
> je fuis - là dans mon centre.

Cependant un accident imprévu fufpendit les occupations & les plaifirs du duc de Ch... Il tomba malade pendant le tems même d'une des couches de la Ducheffe fon époufe. La ducheffe de Bourbon

fa fœur, qui eft devenue fi intéreffante par fes in-
fortunes, accourut au fecours de fon frere; chaque
jour, dès les fept heures du matin , elle était au
chevet de fon lit , & ne le quittait que bien avant
dans la nuit. La nature enfin, fecondée par les foins
de cette Princeffe , permit que les jours du Prince
fuffent prolongés; c'était fans doute pour lui donner le tems de témoigner à fon illuftre & tendre
fœur, toute fa reconnaiffance; mais pour le favori-
fer encore davantage , le hafard lui en fournit la
plus fuperbe occafion dans l'évènement que nous
allons rapporter.

Le jour du mardi-gras de cette même année
1778, fi fameufe pour le duc de Ch..., fe paffa
cette fcène qu'on aurait peine à croire , fi elle n'é-
tait atteftée par plus de mille témoins oculaires qui
étaient au bal de l'Opera, lieu où la ducheffe de
Bourb. effuya cette difgrace fanglante.

Il eft bon d'abord , pour l'intelligence du fait,
de favoir que le prince de Bourb. était devenu
très-amoureux d'une certaine Mad. de Canillac,
qui était attachée à la Ducheffe lors de fon mariage
avec le duc de Bourb... La Princeff'e témoigna à la
dame

dame de Canillac son mécontentement avec toute la modération possible : mais malgré tous les menagemens, ladite dame fut forcée de ce retirer. Pendant cette espèce d'exil, elle eut l'art de plaire au comte d'Art., & comme elle était souvent de ses parties de plaisir nocturnes, il lui donnait justement la main au bal où il était entré masqué. Cette femme, qui savait que ce Prince avait la tête échauffée de vin, & qu'en cet état il lui accorderait ce qu'elle lui demanderait, lui fit connaitre la duchesse de Bourb., & lui fit sentir que si elle pouvait se venger de l'affront qu'elle avait reçu de cette Princesse, sa satisfaction serait parfaite, & son triomphe des plus glorieux. Au même instant son Alt. Royale faisant semblant de prendre la Duchesse pour une des filles qui font l'ornement de ce bal, passa, en peu d'instans, des propos libres aux insultes les plus outrageantes. La Duchesse, qui d'abord n'avait fait que rire, murmura, se fâcha, devint furieuse, & ne sachant pas quel était le masque qui se permettait tant d'effronterie, elle se précipita sur lui, leva la barbe du masque, & de suite reconnut le comte d'Art.; mais elle jugea à

propos

propos de feindre, le Comte au contraire échauffé par le vin, l'amour & la colere, prit le mafque de laDucheffe, à deux mains, & le lui écrafa fur le vifage. D'autres perfonnes qui aiment à fimplifier les relations, difent que le comte d'Art... fe contenta de porter un violent foufflet fur le mafque de la Ducheffe, ce qui effectivement peut l'avoir écrafé fur la joue de cette princeffe. Quoiqu'il en foit le mafque fut gâté; mais la Ducheffe n'en eût jamais fait la moindre plainte, fi fon Alt. Royale ne s'en fût pas vanté comme une action dignes d'éloges. La Maifon de Condé, qui ne confond pas les fottifes avec les exploits, en fut inftruite & indignée : les Princes en demanderent fatisfaction au Roi ; & fur ce que Sa Majefté répondit feulement que fon frere était un étourdi, fans ordonner aucune réparation, la ducheffe de Bourb. fe décida à ne plus fortir ; & le Prince fon époux, quoique féparé d'avec elle, remit à M. de M...pas un Mémoire adreffé au Roi, & y ajouta verbalement, que fi le Roi ne jugeait pas à propos d'ordonner à fon frere de faire une réparation, il regarderait ce refus, de la part de Sa Majefté, comme une permiffion tacite d'en pren-

L   dre

dre lui - même une entiere satisfaction;

Cette anecdote paraîtra étrangere à notre sujet à quiconque ne saura pas que la duchesse de Bourb. étant de la Maison d'Orl. , & propre sœur du duc de Ch...s, que nous deffendons, devait aussi, naturellement élever les voix & les armes de toute sa famille, & sur-tout de son frere. Aussi ses ennemis n'ont-ils pas manqué de lui faire un crime de ce qu'il avait délaissé sa sœur, à laquelle il devait la vie, en proie au chagrin dont elle était accablée; de ce qu'il ne s'était pas déclaré son Chevalier, & de ce qu'il n'avait pas eu le courage de laver l'injure faite à cette Princesse, dans le sang du coupable. Mais plusieurs excellentes raisons justifient la prudente inaction du Prince : I° il relevait depuis peu d'une maladie dangéreuse qui l'avait beaucoup affaibli; il eut donc été de la derniere folie de présenter en ce triste état, la lance ou l'épée à un homme plein de santé & de vigueur. 2°. Quoique le prince de Bourb. ne fut pas bien avec sa femme, il était de droit son premier champion, & le duc de Ch...s n'avait aucun titre pour lui disputer cet avantage. Troisiémement, enfin, son Alt. Sér

ne

ne trouvait aucun avantage réel dans la dure alternative ou de se faire perçer le ventre par le comte d'Art., ou de perçer celui de ce Prince : dans le premier cas, sa propre mort n'était pas ce qu'il craignait davantage, c'était les larmes & les regrets qui auraient accompagné ses tristes restes au tombeau. Dans le second, il devenait l'homicide d'un Prince aimé du peuple Français, & qui méritera sans doute son estime, & alors il perdait un ami précieux & un fidel compagnon de plaisirs & d'erreurs. Bien plus, une question, à laquelle il n'est pas facile de répondre, embarassait beaucoup son jugement & sa conscience, & conséquemment le tenait en suspens lorsque la résolution du duc de Bourb. l'en délivra fort heureusement. A qui doi-je prêter l'oreille par préférence, se demandait le duc de Ch....s, est-ce aux principes de la Religion, d'accord avec les loix de la Nature, & celles de mon Roi, ou aux sollicitations d'un vain préjugé, d'un être imaginaire appellé honneur, qui n'a pour soutien qu'un usage barbare que presque tous les hommes raisonnables condamnent ? Ce fut fort à propos, comme nous venons de le dire, que le duc de

Bourb.

Bourbon prévînt la décifion de fon Alt. Sér., &
le delivra par-là d'un grand danger ; car, encore
une fois, tel parti qu'il eût pris, il eut été loué
par les uns, & condamné par les autres.

Les paroles cathégoriques que le duc de Bourb.
avait proférées en remettant, comme nous l'avons
dit plus haut, fon Mémoire adreffé au Roi, entre
les mains de M. de Maurep., engagerent le Roi
à ordonner à un des Capitaines des Gardes du
comte d'Art. de ne pas le quitter de vue. Ce Prince avait eu le tems de fentir fon tort, & par
forme de réparation, il avait confenti à déclarer,
en préfence de toute la Famille Royale, & des
Princes, qu'il n'avait jamais eu l'intention d'inful-
ter la ducheffe de Bourb. : & qu'il ne l'avait pas
connue au bal. Mais cette fatisfaction n'étant point
fuffifante à l'égard du duc de Bourb., il fit connaître formellement au comte d'Art. fon mécontentement, & l'intention où il était d'en avoir raifon. En conféquence, les deux Princes fe rendirent
au bois de Boulogne , mirent habits bas, fe bat-
tirent pendant environ fix minutes, avec une
adreffe, une force & une intelligence abfolument
égale,

égale, puisqu'il n'y eut pas une goûte de sang de
répandue de part ni d'autre, se séparèrent, puis
s'embrassèrent, puis s'habillèrent. Pendant ce combat singulier, le duc de Ch...s, qui vraisemblable-
ment n'en était pas instruit, quoiqu'il y eut dans le
bois de Boulogne, une infinité de gens qui regardaient de loin, traçait fort tranquillement, dans
la plaine des Sablons, une course de chevaux; le
hasard voulut aussi qu'au même instant, un exprès
vînt lui annoncer qu'on l'attendait à une répéti-
tion de comédie que faisait le duc d'Orl. avec Md.
de Mont. C'était ainsi que le fameux Mathémati-
cien Archimède, de Syracuses, prenait un plaisir
si vif dans l'étude de la Géométrie, qu'il en oubliait même le boire & le manger. Sa Patrie étant
assiégée, il s'occupait si peu des dangers auxquels
il était exposé, & des actions des ennemis, qu'il
s'amusait, comme le duc de Ch...s, à tracer quelque figure de Géométrie sur le sable, quand un
soldat le mit à mort sans le connaître, quoiqu'on
lui eût bien deffendu de faire aucune injure à ce
grand homme. Mais M. Marcellinus, qui commandait les assiégeans, avait oublié de donner a
chacun d'eux le portrait, ou au moins le signale-

ment

lement du pauvre Archiméde, ce qui fut caufe qu'il fut tué, & que fon meurtrier fut banni à perpétuité par le judicieux Marcellinus. Mais revenons à notre hiftoire, & faifons connaître une nouvelle injuftice de la part des Parifiens a l'égard du duc de Ch...s.

Mad. la ducheffe de Bourb., bien dédommagée de l'affront qu'elle avait reçu, par toutes ces fatisfactions d'éclat, fortit de fa retraite, & reparut dans le monde. La premiere fois qu'on la revit à la Comédie Françaife, le fpectacle & les fpectateurs lui témoignerent tant d'affection par de forts & longs battemens de mains, qu'elle en verfa, dit-on, des larmes d'attendriffement. La Reine vint le même jour au même fpectacle, quelques minutes après, mais les mains déjà fatiguées ne lui accorderent que de faibles applaudiffemens ; d'ailleurs il ne lui était arrivée aucune aventure..... Le duc de Bourb. & le prince de Cond. parurent à leur tour, & dès qu'ils furent placés derriere Md' la ducheffe de Bourb., les battemens de mains accompagnerent les Bravo, Braviffimo, Monfieur vint enfuite, n'exita pas grand bruit ; M. le comte d'Art.

ne fit que glaner. Tout cela certainement n'avait
rien de commun avec le duc de Ch...s, puisqu'il
ne s'était trouvé ni à la dispute, ni à la satisfaction,
ni au combat, ni au spectacle, ni aux applaudissemens, & cependant on le fait figurer dans quatre
méchans vers satyrique, où l'on caractérise les
principaux personnages de cette scène romanesque :

> Bourb. se tait & se lamente :
> L'Epoux menace & se présente ;
> D'Art. se vante & puis mollit :
> De Ch...s rit puis s'avilit.

Voila comme son Alt. Sér. est blâmée sans raison par le public qui lui suppose pour mobile unique, une ambition démésurée, & une soif insatia-
ble des richesses. Nous allons voir à combien de
calomnies indignes ce malheureux préjugé à donné
lieu.

Lors de l'incendie terrible de l'Opéra, qui me-
naça le Palais-royal, & toutes les rues adjacentes,
d'un embrâsement universel ; le duc de Ch...s, à
ce que disent ses ennemis, ne s'occupa que du soin
de sauver son or, ses bijoux, ses effets précieux,
&c. &c. Rassuré des craintes, dont son ame avait

été

été la proie, & voyant que le feu ceffait de dé-
vorer la partie de fon palais, qu'il avait entammée,
il contemplait le feu, étant appuyé fur la fenêtre
d'un marchand de la rue faint Honorée, chez qui
il s'était réfugié : là, dit-on, il fe permit de dire
que cette incendie formait un fuberbe tableau, &
quelqu'un répondit, d'une voix très-intelligible, &
qui parvînt à fes oreilles: oui ce ferait un très-beau
feu de joie fi tu étais au milieu.

Quant à nous, dont le vœu eft de dire la vérité, nous ne trouvons rien d'étrange en ce que fon
Alt. Sér. penfait à fauver ce qui lui appartenait ; il
faut être vraiment acharré contre un homme, pour
lui faire un crime du fentiment le plus naturel,
après celui de la confervation de fa perfonne. A
l'égard du propos de fon Alt. Sér., dont on lui fait
un reproche injufte, & une imprécation horrible ;
il faut encore avoir contre un homme une bien
grande inimitie pour donner à des expreffions in-
nocentes, une interprétation fi criminelle. Ou pouvait fuppofer que le cœur du duc de Ch... était fenfible autant qu'un autre aux malheurs des victimes
de cet affreux évènement; mais en même tems on

doit

doit convenir que cet évènement dans toute son horreur offrait un superbe tableau ; & il a éffectivement donné lieu à d'excellens tableaux qui representent sous differents points de vues les superbes horreurs de cet incendie.

Un sot plaisant qui se trouvait dans la foule devait être encore plus insensible qu'on suppose que ne le fut le duc de Ch...s, lorsque voyant la même scène, il dit en appercevant son Alt. Sér., les Anglais n'auront pas bon tems à l'avenir, car Monseigneur s'accoûtume au feu.

On assure aussi que le Chevalier Dubois, Commandant du Guet, remit au Prince un billet cacheté, qu'il avait trouvé dans les décombres conçu en ces termes : tu ne t'en f..... pas longtems, tu feras grillé toi & ton Palais-royal. Si cette anecdote est vraie, ce Commandant, à notre avis, eut grand tord de faire voir ce billet à son Alt. Sér. & celui-ci eut grande raison de continuer à se f.... de parcilles menaces, qui, pour l'ordinaire sont faites par des poltrons incapables de rien executer. La réponse du Prince fut, à ce qu'on prétend très énergique ; allez vous faire f...., dit-il au Chevalier, vous & tous les faiseurs de billets, je vous don

Mnerais

nerais tous pour une toife de ce qui eft brûlé de mon efcalier, qu'il faudra que je faffe raccommoder à mes dépens.

On reproche encore au duc de Ch....s d'avoir cherché à augmenter fa fortune par l'établiffement de jeux de hafard, dans le Palais-royal; ce qu'il exécuta en effet, parce que fon Palais eft un fanctuaire où les yeux furveillans de la Police, ne peuvent ni furveiller, ni exercer leur autorité. Mais encore en ceci, fon Alt. Sér. ne fuivait que l'exemple des premiers du Royaume, en ce fiecle où la domination impérieufe & tyrannique de fots préjugés, fait croire que la grandeur & la nobleffe ne font point avilies de chercher à fe procurer les fruits honteux, & les produits criminels des jeux clandeftins & des duperies que le dernier des intriguans de la Suiffe, ou des environs de Lyon, peut fe permette. Le peuple à dire vrai, n'eut pas tout-à-fait tort de trouver en cette circonftance la conduite du duc de Ch...s indigne d'un rejetton d'une Maifon iffue de la Branche la plus illuftre de France.

Le duc de Ch...s devait en effet être très-fatisfait

de

de voir la réuſſite de cette nouvelle entreprise, que le produit de ſes diverſes banques paraiſſait devoir ſubvenir aux frais de la conſtruction de ſa ſomptueuſe écurie, de ſa petite maiſon de Mouſſeaux, & de ſes autres bâtimens, qui avaient déjà beaucoup amaigri ſon tréſor, & dérangé ſes finances, malgré l'ordre & l'œconomie qu'il y obſervait.

Pour ne pas manquer à la réuſſite qu'il s'était propoſée, il choiſit, pour préſider à ſes jeux de haſards, des banquiers de la probité deſquels il était certain. Mais malgré qu'il eût pris les meilleures meſures, dont ſa prudence fut capable, il eut la diſgrace de voir non ſeulement l'autorité ſupérieure s'élever contre ſon établiſſement, mais encore ſon pere même, que l'on aurait cru très-indifférent, demander que les coquins qui prêtaient les mains à ces jeux, ce ſont ces propres termes & concluſions, fuſſent arrêtés ſur le champ, fouettés, marqués & conduits aux galeres; il offrit même, pour encourager les pourſuites contre eux, de les faire conduire à ſes frais, dans cet aſile ordinaire des filoux.

L'imagination féconde de ſon Alt. Sér. ſuppléa bientôt, à ce qu'on dit, au deffaut de cette puiſ-

ſante

fante reſſource, par un moyen tout extraordinaire puiſé dans une ſource preſqu'inconnue. En voici le rapport.

A la mort du Général des Capucins, du comte de Clermond ; les Loges de la Franche-Maçonnerie de France ſe trouverent plongées, non pas dans la douleur d'avoir perdu leur illuſtre Grand-Maître, mais bien dans le plus grands embarras de le remplacer : & il était effectivement très-difficile de rencontrer autant d'ineptie jointe à la débauche la plus effrénée. Il eſt rare de trouver tant de prérogatives de cette eſpèce, réunies ſur-tout dans des Princes.

Cependant on jetta les yeux ſur le duc de Ch...s, & d'une voix unanime, il fut nommé Succeſſeur du défunt Grand-Maître, & Protecteur de cette Société ridicule qui enveloppe, de myſtères abſurdes, une morale un peu moins pure que celle d'Epicure. Nous n'en dirons pas davantage ſur cette matiere, pour deux raiſons ; la premiere c'eſt que des profanes ne ſont pas dignes d'entrer dans le temple ; la ſeconde, c'eſt que nous ſommes Apologiſtes du duc de Ch...s. & que tout ce qui n'a pas de rapport à ſa conduite & à ſa deffenſe nous éloigne de notre de notre but, qui n'eft pas d'écrire pour faire imprimer, ni d'imprimer pour gagner de l'argent, mais notre premier deffein rempli, nous voulons en paffant, inftruire & corriger les mœurs.

La très-fameufe Loge de Mouffeaux, pendant que la Grande-Maîtrife fut vacante, était la plus conféquente du Grand-Orient : elle n'était compofée que de ce qu'il y a de plus aimables libertins en France : la jeuneffe la plus noble, la plus folle & la plus diffolue du Royaume s'y affemblait réguliément.

Tout le monde ne fait pas qu'après la tenue du travail, par une fermeture de loge la plus fingulierrement imaginée, le Grand-Maître permet aux membres de la Société de fe livrer à la gaieté ; mais nos lecteurs, qui à préfent font inftruits de cette particularité, fe formeront fans doute l'idée la plus agréable de celle du duc de Ch...s dans ces circonftances, que des plaifirs qu'il goûtait, non pas comme on a voulu l'infinuer, à l'ufage Oriental, mais feulement les jours de tenue de femmes, fans lefquelles ce très-refpeftable Maître ne pouvait, difait-il, travailler. Et quel crime y aurait-il pour

des

des difciples de Salomon, d'être tombés dans les erreurs & les faibleffes de ce Roi fage, en voulant
mettre en pratique fes principes vertueux ?

Au faubourg faint-Antoine, eft une maifon immenfe connue fous le nom de la Folie-Titon. Ce
fut en cet endroit que le duc de Ch...s fut procla-
mé Grand-Maître, avec toutes les cérémonies ex-
travagantes accoûtumées, & toutes les adulations &
les fadaifes ordinaires & extraordinaires en pareilles
cérémonies. Le duc de Luxemb., alors Adminif-
tateur général de l'Ordre, fe promit, & fe vanta,
d'en tirer de grands avantages, malgré la modicité
des préfens que le nouveau Grand - Maître avait
faits à l'Ordre, & que ce fut au dépens des loges
réunies que fe fit cette grande fête.

Il ferait difficile peut-être de juger, fans en avoir
fait l'expérience, quelle eft la plus agréable, & la
plus digne de l'ambition d'un grand homme, de
ces deux Charges, celle de Grand-Amiral de France, ou celle de Grand-Maître de la Franche-Maçonnerie : nous ne prononcerons point fur cette
queftion; mais nous dirons que le duc de Ch...s fe
crut bien dédommagé d'être privé de la première;

dès

dès qu'il fut pourvu de la derniere. Déchargé d'un fardeau qu'il aurait eu bien du mal à foutenir, malgré le fecours de quelques milliers de fubalternes, il ne s'occupa qu'a recevoir à l'Anglaife, dans la loge de Mouffeaux; & n'ayant aucun ennemi à épouvanter, il s'en confolait & nourriffait fon humeur martiale en faifant des frayeurs fi terriblas aux dindons Récipiendaires, que plufieurs d'entre eux commirent de fi grandes incongruités que la Loge entiere s'en plaignit plus d'une fois, & fut mife en fuite, au milieu du travail, par les vapeurs défagréables, ou le gaze méphitique, qui faififfait cruellement leurs organes de la refpiration. Quoiqu'on en dife, cette Charge avait coûté chere au duc de Ch...s, & depuis longtems elle ne lui avait procuré que quelques fcènes rifibles, lorfqu'il conçut l'idée de s'en démettre avec avantage; mais il fallait bien couvrir fes démarches pour réuffir à en avoir bonne finance.

D'abord il lui parut néceffaire d'affocier fon cher coufin, le comte d'Art., amateur des grandes aventures, au Corps dont il était devenu Grand-Maître. Le Comte y aurait confenti dès la pre-

mière

miere propofition, s'il n'en eut craint la publicité & le défaveu du Roi. Ces fcrupules furent aifément lévés, & le comte d'Art. augmenta le nombre des dupes de la loge de Moufleaux. Sa réception fut ignorée pendant quelque tems à la Cour ; mais bientôt elle tranfpira, & prêta à rire au Roi, qui lui dit en plaifantant, que la France devait fe féliciter de voir fes Princes chercher a s'inftruire. Dès lors il n'y eut plus rien à ménager ; l'agregation du Comte fut publiée, & fon nom & la date de cette mémorable journée furent folemnellement infcrits fur les régiftres du Grand Orient. On dit que cette cérémonie coûta beaucoup d'argent au comte d'Artois. Mais cet article ne ferait pas de notre reffort, fi le duc de Ch...s ne jouait pas un rôle effentiel dans cette fcène.

Ce fut dans le Wauxhall qu'occupait autrefois Torré, que fe raffemblerent tous les invités pour procéder à la folemnelle reconnaiffance du nouveau frere. Il n'en couta à fon Alt. que 32000 liv. , dont 20000 furent employés aux frais de la fête; le refte entra dans les coffres du Grand-Maître, qui, à ce prix, fe démit généreufement, & par déférence

pour

pour le comte d'Art., fon ami du titre de Grand-Maître, & des honneurs & prérogatives qui font attachés à cette Charge effentielle.

On reconnait encore à ce trait le bonheur & l'efprit qui accompagnent toutes les actions de fon Alt. Sér.

E ce tems-là le duc de Ch...s, animé d'une paffion affez ordinaire aux Anglais, que fon Alt. Ser. s'efforce d'imiter, s'apperçut qu'un Prince tel que lui ne devait pas refter inactif dans les bornes etroites d'une Capitale, & même d'un Royaume ; qu'il devait au contraire porter tout à la fois fa renommée & fa préfence, au moins dans les pays les plus beaux de l'Europe, & fur-tout dans ceux ou la Vo. lupté était la divinité favorite, à laquelle on éleva_t des temples & des autels. En vain voudrait-on faire croire qu'il avait envie de promener le héros, & de fe faire encencer dans les contrées où fa conduite paffée eut éte peu connue, ou un vrai myftère ; l'univers entier était alors informé de toutes les circonftances qui rendaient la journée d'Oueffant abfolument neûtre pour les deux flottes oppofées, & perfonnes n'ignorait plus le degré ou la mefure de

N   gloire

gloire qui était légitimement due aux Amiraux à qui les deux plus braves, & les plus refpectables Nations de la terre avaient confiés leurs interêts. Ce ne fut donc que la curiofité & le génie Anglais qui décida fon Alt. Sér. dans l'adoption de ce nouveau genre de plaifir. D'ailleurs ce Prince voulait peut-être voir, par fa propre expérience, s'il fe trouvait fur la terre un peuple qui prodiguât aujourd'hui les louanges fans favoir fi lles étaient méritées, & qui y fubftituât demain les fatires les plus amères fans être encore plus inftruit. Il voulait voir par lui-même s'il fe trouvait ailleurs qu'à Paris. des mercénaires méprifables qui flattaffent les faibleffes, & même les vices des Princes : & certes ce motif eft digne de toutes fortes de louanges, fur-tout dans un homme qui, dans le fein de fa famille, peut remplir tous fes fouhaits , fans s'inquiéter même de l'œil pénétrant de la critique.

Le Prince voulut commencer fes erreurs par l'Italie : la fomme qu'il deftina aux frais du voyage , ne diminua rien de celles deftinées à des ufages effentiels · elle était le produit des gageures que fon Alt. Sér. avait gagnées par l'habileté de Parkner & Adamfon.

Adamſon, ſes deux jocqueis, & du ſauteur & du vigilant ſes deux braves courſiers

Son départ une fois fixé, il en fit part à la Ducheſſe, ſon epouſe, qui n'apprit cette réſolution
qu'avec la plus vive douleur ; elle employa, mais
en vain, toute l'eloquence de l'affection la plus tendre : la fermeté du Prince y fut auſſi inflexible que
le fameux Uliſſe le fut aux larmes de Pénélope.

Son Alt. Ser. alla enſuite à Verſailles, non ſeulement pour remplir une formalité d'uſage & de
devoir, mais encore pour ſavoir ſi l'Etat & le Roi
conſentiraient à l'abſence d'un Prince, tel que lui,
qui pouvait être employé très-utilement à la gloire
& à l'avantage de l'un & de l'autre. Il s'y rendit
donc en diligence, s'inclina devant Sa Majeſté, &
lui baiſant reſpectueuſement la main, lui demanda la
permiſſion de s'abſenter pour quelque tems. Le Monarque le reçut aſſez froidement, & lui répondit à
peu-près en ces termes, après un moment de ſilence
& de réflexion : j'ai un Dauphin : Madame peut être
groſſe : M. le comte d'Art. a pluſieurs Princes : ...
vous pouvez faire ce que vous voudrez...., je ne
vois pas en quoi vous pouvez être utile à la Patrie

trie : ainſi partez quand vous voudrez, & que votre retour s'exécute quand bon vous ſemblera.

Cette réponſe à parler ſincérement était conçue dans des termes trop complaiſans pour flatter l'amour-propre d'un Prince qui ſe croyait utile malgré ſon peu de ſuccès au combat d'Oueſſant. Mais ſe grand homme ſait ſupporter & mépriſer même les diſgraces les plus dures. Le duc de Ch...s retourna à Paris, très-peu affecté, fit les préparatifs de ſon voyage, & s'aſſocia pour compagnons le duc de Fitzj. & le trop fameux Prince Guém. Ce dernier comme on ſait, prit la liberté de faire une banqueroute frauduleuſe, par laquelle il ruina plus de ſix cens famílles honnêtes qui ne ſe ſeraient jamais doutées, lorſqu'elles portèrent leurs fortunes dans les coffres de ce Prince, qu'il fut capable de pareilles baſſeſſes, ou qu'il pût les commettre impunément.

Quelque tems avant ſon départ le duc de Ch...s, qui eſt aſſez amateur des originalités, inſtitua Md. la comteſſe de Genlis, non pas inſtitutrice, mais bien inſtituteur des princes ſes enfans. Quoique les écrits de cette Comteſſe reſſentent aſſez le mâle, ou au moins le genre neûtre, le chevalier de

Bonnd,

Bonnd. , fous gouverneur, ne trouva pas cette infti-
tution légale ; à tous autres égards , & en toutes autres circonftances, il aurait fans doute cédé volontiers l'avantage à Md. de Genl. , mais en celle-ci il
crut devoir donner fa démiffion , qui fut acceptée ;
& Md. de Genl. refta Gouverneur des Princes ,
tandis que M. de la Har... eut l'emploi de fous-gou-
vernante en faveur des foins qu'il avait pris , à ce
que difent quelques méchantes langues, de compo-
fer & de corriger, fous les yeux & le nom de Md.
le Gouverneur des Princes , les petites Comédies
puériles attribuées à cette Dame par ledit fieur de
la Har. & fon imprimeur. Un plaifant s'avifa même
de parodier une épigramme faite à ce fujet contre
Md. de Genl. par la réponfe fuivante.

> Aujourd'hui prude, hier galante ;
> Tour à tour folle & docteur :
> Genl. , douce Gouvernante ,
> Deviendra dur Gouverneur ;
> Mais toujours , femme charmante ,
> Saura remplir fon deftin :
> On peut bien être pédante
> Sans ceffer d'être Cat...

Le couplet fuivant, fait contre cette même Gouverneur, eft encore bien plus méchant :

Aux

Aux Princes, Genl. doit, dit-on,
du Reverſi donner leçon :
c'eſt de ſa politique,
    Eh bien !
une fine rubrique :
    vous m'entendez-bien.

Ces Elèves bientôt inſtruits,
s'amuſans les jours & les nuits,
pour peu que le jeu donne,
    Eh bien!
le mettront à la Bonne,
    Vous m'entendez-bien.

Mais ſortons bien vite de ces calomnies infâmes, & gardons le ſilence ſur toutes celles que l'envie de ſes ſemblables a vomie contre elle ; & paſſons rapidement au voyage du duc de Ch.

Son Alt. Sér., ayant pourvu à l'éducation des Princes, fit à ſa tendre épouſe les adieux les plus touchans, & les promeſſes les plus fortes de lui être toujours fidéle, après qnoi il partit pour l'Italie.

La Nation Françaiſe eſt compoſée, de même que toutes les autres, de deux claſſes d'hommes : la premiere renferme les gens occupés ; la ſeconde eſt formée des gens oiſifs. Les premiers attentifs à leurs intérêts, ne s'occupent d'ancun objet étranger : les

derniers;

derniers, toujours pleins d'ennui, cherchent à allé-
ger ce désagréable fardeau par la curiosité qu'ils
nourriffent de tous les objets conféquens ou fri-
voles qui fe préfentent ; le fon des cloches , le
bruit du canon , les cris d'une femme , les aboye-
mens d'un chien le font fortir fubitement d'une efpèce de léthargie , & avant de s'être informé de la
caufe de fon réveil, fon imagination lui préfente la
pompe funèbre de quelque Potentat, la naiffance
d'un Prince, ou la nouvelle de quelque victoire ;
les débats comiques de quelque harengère, ou la
correction qu'un mari donne à fa femme; ou enfin,
des chiens qui s'entre mordent, ou qui viennent de
recevoir des coups : mais dès que ces grands évènemens ne fe fuccèdent pas avec rapidité , il faut né-
ceffairement que cette curiofité trouve une autre
nourriture. Chaque oifif , en cette cruelle circonftance, fe croit en droit de jetter les yeux fur la
conduite de fon prochain , & d'en porter fon jugement à fa fantaifie, & comme, en bon Chrétien, il
fe met de niveau avec tous les hommes , le Roi, le
Prince, le Docteur, le Financier, le Manan, le prochain enfin devient l'objet de fon unique occupation.
Voit-il

Voit-il les chofes fous un point de vue favorable ;
fon plaifir eft extrême , une gaieté bruyante l'an-
nonce, fes applaudiffemens d'éclats achèvent de
peindre fa fatisfaction.

L'homme occupé eft au contraire prefqu'indiffé-
rent aux plus grands évènemens, fi leur intérêt &
le bien public n'y font pas intéreffés auffi font jugement moins précipité , eft il conféquent; mais en
général il ne jette jamais un œil curieux fur la conduite des Grands : peu lui importe, par exemple ,
qu'un duc de Ch...s exifte , ou qu'il n'exifte pas ;
qu'il agiffe bien ou mal à l'égard de fes maîtreffes ;
il n'eft pas plus touché des éloges outrés que ce
Prince a reçus, que des calomnies dont il a été
noirci ; & pour finir, en un mot, il ne fe foucie
pas plus de notre Apologie , que le Kam des Tar-
ne fe foucie de ce pauvre M. de Graffe , de trifte
renommée.

D'après ce que nous venons de dire , peut - être
hors de propos, il eft aifé de deviner dans quelle
claffe de la Nation Françaife il faut chercher les détracteurs du duc de Ch ..s. Mais il ne ferait pas auffi
facile de deviner comment ils alimentèrent leur

noir

noire envie, leur perfide calomnie, leur haine injufte lorfque le Prince fut parti. Un bon Logicien
va nous dire que, certainement, la caufe n'exiftant
plus, les effets devaient également cefler. Cependant tout le contraire arriva. On exécuta, pour
ainfi dire, ou plutôt on martirifa fa memoire en ef-
figie; & le lendemain de fon depart on trouva, fur
la porte du Palais-royal, le placard infâme dont
voici une copie fidéle.

I·L eft parti ce Prince ingrat, injufte,
  qui verfe en ce féjour l'amertume & l'horreur:
Il eft parti ! Vertu, Déeffe augufte,
  écarte fon retour! c'eft celui du malheur.
    DU pur fang des Bourbons, ce monftre à t'il
      pu naître ?
lui qui montra toujours un cœur faux, déloyal?
J'homme le plus abject, eft plus que fon égal.
Aux traits de fa figure, peut-on le méconnaître?
    D'aucun de cette Race a-t-il donc l'apparence ?
Sa démarche eft ignoble, fon air bas & rempant.
Auffi reconnait-on le héros d'Oueffant,
dans un Prince du Sang le plus noble de France.
    Puiffent les trois furies le fuivre en fon voyage!
Qu'elles guident fes pas aux rives du Cocite ;
que Cerbère & Minos, puniffant ce Therfite,
aient de nouveaux droits à notre jufte hommage!
    Mais fi par un deftin, qui ne fe conçoit pas,
il revenait jamais aux bords de notre terre,
puiffe quelqu'ennemi lui donner le trépas,
  & le priver enfin de la douce lumière.

O   Ce

Ce fut fans doute une mortification bien cruelle pour la duchefſe de Ch...s , que de voir & de lire ce placard, qu'on eut l'imprudence de lui remettre, au lieu de lui cacher, par humanité, cette preuve de la haîne mortelle que l'on portait au Prince ſon époux. Mais cette vertueuſe Princeſſe ſe contenta de gemir , & de déſirer un changement heureux dans l'opinion des oiſifs , & dans le caractère de l'objet de leur haîne. En conſéquence elle ne fit faire aucune recherche ſur les auteurs de cet infâme placard.

Les ennemis du duc de Ch...s attribuèrent pour lors à la crainte ce qui était l'effet d'une ſage & pieuſe modération , & adreſſerent à la Ducheſſe les couplets ſuivans, qui forment un Pot-pourri auſſi ſot , auſſi mauvais qu'il eſt noir & calomnieux.

COUPLETS

SUR SON ALT. INDIGNISSIME

MONSEIGNEUR LE DUC DE CH...S.

AIR : *Des Bourgeois de Chartres.*

D'OUESSANT, la nouvelle
eſt venue à la Cour :
ton Epoux infidele,
nous vantait ſon retour :
je reviens ſur les pas , dit-il , de la victoire ;

de

de laurier je suis couronné ;
est il mortel plus fortuné ?
Ah ! pour moi quelle gloire.

AIR : *du haut en* bas.

LA Renommée,
en son récit plus véritable,
la Renommée
nous instruisit à point nommé,
que de Ch...s était coupable ;
& n'est-elle pas bien croyable,
la Renommée ?

AIR : *de la Fete des bonne-gens.*

LOUIS qui de son Trône,
entendit tout ce discours,
dit : c'est à ma Couronne
faire un affront pour toujours.
Si mon Cousin est un lâche,
qu'il s'eloigne de mes yeux,
qu'il aille laver sa tache,
qu'il s'écarte de ces lieux.

AIR : de la Béquille du pere Barnaba.

AVEC pompe & fracas,
à la Cour il arrive ;
le Courtisan, tout bas,
disait, dans sa joie vive,
pour ce sabre qui brille
ne lui faudrait-il pas,
bien mieux une béquille
du Pere Barnaba.

AIR :

AIR : des Bourgeois , &c.

QUE m'importe la gloire ?
disait-il en son cœur :
on rit de ma victoire,
f.... de la valeur:
je consulte bien moins mon honneur que ma bourse;
grâces à mes jocqueis fameux,
dans mes paris toujours heureux,
je l'emporte à la Course.

AIR : *de* CENEVIEVE,

APPROCHEZ tous, & qu'un chacun m'écoute,
dit le Héros, baillant à l'Opéra;
j'ai tout battu, & l'Anglais me redoûte;
Keppel a fui : le croye qui voudra :
qu'on rende hommage,
à mon courage,
l'Anglais de moi toujours se souviendra.

AIR : des *eu* Chasseurs & *la Laitiere.*

LES Cat... en firent la fête ;
on dansa au Palais-royal ;
les sots au bruit de la conquête,
criaient au Héros sans égal,
mais la nouvelle de la guerre,
répétait la nuit & le jour :
il a vendu la peau de l'ours,
sans l'avoir pu jetter par terre.   BIS.

AIR : RLI , RLAN.

DANS Paris l'on vit son Alt...
pour se venger de tous ces ris,
mettre sottise sur faiblesse,

au

recevoir projets & devis ;
au lieu d'abbatre des murailles ,
en elever fur nouveaux plans ,
    Rli , Rlan ,
& fe f.... de la canaille ,
Rlan, tan plan , tambour battant.

AIR : LA PLUS BELLE PROMENADE.

GRACE à Dieu, dans l'Italie ,
il eft allé voyager :
mais le peuple ne l'oublie,
& veut toujours en parler :
il le détefte de forte
qu'il dit , dans fon fouvenir,
que le diable l'emporte,
c'eft notre plus grand defir.

Ces couplets ne firent pas une impreffion moins vive fur le cœur de la Princeffe , que ne l'avait faite le placard qui les précéda : mais le même filence & la même modération de fa part firent ceffer ces écrits odieux. Les ennemis du duc de Ch...s continuerent leurs imprécations tacites ; mais cefferent de chagriner la Ducheffe.

Pendant ces circonftances, Monfeigneur & fes Affociés marchaient à grandes journées, pour arriver en Italie. Un accident qui leur arriva dans les Alpes, manqua mettre fin à leur voyage. Leur voiture vint à verfer ; le Prince fut légerement froiffé :

froiffé : le bruit courut qu'il s'était eaffé la cuiffe ; fes ennemis fouhaitèrent qu'il fe fut caffé le col. Cet accident a été rapporté de plufieurs manières dans les gazettes : mais dans le vrai, il n'eut point de fuite, & Monfeigneur parcourut, fain & fauf, l'Italie.

En vain voudrait-on nous faire croire que fon Alt. Sér. en eft revenue comme prefque tous les Anglais qui vifitent cette belle partie du monde, c'eft-à-dire fe fouvenant pour tout avantage d'y avoir bu, mangé, dormi & facrifié à toutes fortes de débauches; d'avoir perdu même le nom de vertu, & d'en avoir rapporté tous les vices. Nous avons fur le caractère, fur le cœur, fur l'efprit & les connaiffances du duc de Ch...s, une opinion trop avantageufe pour former de tels foupçons; il y a au contraire, tout lieu de croire que fon Alt. Sér. ne manqua pas de vifiter, & de payer le tribut d'admiration due à la fameufe Académie-royale de peinture à Rome, & la curiofité peut fort bien l'avoir porté à vifiter les plus célèbres courtifannes vivantes de cette Capitale, après avoir rendu fon hommage au Pape, & aux marbres froids de l'antiquité.

tiquité. Car fi les reftes des monuments de cette antiquité méritent encore notre admiration, ils n'éteignent pas pour cela les fenfations délicieufes que produit en nous la vue d'un fexe qui par-tout paraît charmant à l'homme, & qui l'eft vraiment plus en Italie, qu'en aucune autre partie du monde : ajoutez à cela, qu'aux charmes les plus feduifans, les femmes y joignent les paffions les plus vives, & conféquemment tous les rafinemens de la lubricité la plus ardente. Heureux & trois fois heureux le duc de Ch..s de n'avoir pas fourni à fes ennemis la cruelle fatisfaction de pouvoir annoncer qu'il eft devenu la victime des faveurs empoifonnées de la Vénus proftituée de l'Italie, fléau le plus mortel dont la Divinité irritée ait puni les hommes; ou que la vengeance de quelque femme méprifée, contre fon Alt. Sér., n'ait point plongé le poignard dans le fein de ce Prince, ou caché la mort dans fa nourriture & fa boiffon. On dit cependant qu'il lui arriva a Modène, en revenant en France, une aventure affez tragique, que nous allons raconter le plus fuccintement qu'il nous fera poffible.

M. le duc de Ch..., étant à Modène, entendit parler

parler d'une courtifanne célèbre , dont les charmes étaient divins , la voix enchantereffe , la con-
verfation vive , gaie , fpirituelle , & dont l'art , dans
fa profeffion , touchait au dernier degré où une
put.... & un débauché pouvaient prétendre. Son
Alt. qui, malgré fa grande curiofité , n'avait rien
trouvé qui ne lui fit regretter les charmes de fa
tendre & fidéle époufe, s'imagina d'après la peinture qu'on lui avait faite de cette Laïs, que pour le
coup , il allait fe trouver avec le phenix de la lu-
xure , entre les bras de cette Circe.

Accompagné d'un Gentilhomme , affidé & inftruit de fon humeur, il fe préfenta à l'entree de la
nuit, en catogan, fans épée, & dans l'uniforme in-
venté par fon cher Genl. , & qui eft tant à la mode
aujourd hui : il fe préfenta, difons-nous, & entra
dans le Palais enchanté : & s'adreffant à la Princeffe, il lui tint ce difcours : ---- Vous voyez à
vos pieds, illuftre & fameufe Princeffe, un humble
Chevalier errant , qui ferait trépaffé dans les plus
cuifans regrets, s'il eût quitté l'Italie fans en avoir
admiré la plus rare merveille , & fans avoir laiffé
fur votre autel, une marque defon hommage & un

ex dono qui perpétue à jamais la mémoire des faveurs infignes qu'il fe propofe d'obtenir de votre
divinité, par fes vœux. Ce tendre difcours, accompagné de geftes fignificatifs, fit naître à l'inftant,
dans le cœur de la courtifanne, non pas de l'admiration ni de l'amour, mais bien l'efpérance de char-
mer Monfeig,; elle lui fit l'acceuil le plus gracieux,
& les plus vives careffes fervirent de prelude à un
repas fin & délicat, s'il s'en trouve de tels en Italie.

Quoiqu'il en foit le fouper parut très - agreable
au Prince. Les charmes de la voix, & la jufteffe des
accens de la courtifanne, attendrirent fon Alt. Ser. ,
qui n'entendait rien des couplets dont on lui adref-
fait les louanges. L'ivreffe du plaifir, d'accord avec
le vin perfide d'Italie, fit perdre les forces au duc
de Ch...s : on le mit fur un lit, où le repos fuccéda
bientôt au bonheur qu'il venait de goûter.

Ce qu'il y a de certain, dit-on, c'eft que fon Alt·
Sér. fe leva, bien fatigué, le lendemain matin, &
impatient de retirer fes gens d'inquiétude, il allait
fortir avec précipitation, lorfque fa compagne l'ar-
rêta, & lui dit qu'indépendamment de la dépenfe ,
& des travaux déjà faits, il lui revenait encore un

P   rribut

tribut d'ufage , & qui fe payait fans doute en France comme à Modène, aux femmes qui faifait commerce de prêter leurs appas , & de les livrer même
à la volonté des curieux : & je m'imagine qu'à Paris
comme ici, les put... ont des amans, d s caprices,
des fouteneurs de leurs charmes & de leurs droits ;
au moins en avons-nous en Italie, toujours prêts à
exécuter nos ordres ; à dépouiller , mutil r, affaffi-
ner même les objets de notre jaloufie & de notre
haîne, ainfi que ceux qui négligeraient de nous fatisfaire ou de leurs perfonnes ou de leurs bourfes.

Le ton affirmatif, dont ce difcours fut prononcé,
ne déconcerta pas le duc de Ch...s ; il ne pouvait
croire que tant charmes ferviffent d'enveloppe à
tant d'horreur, il crut appaifer cette furie en lui difant avec un fourir gracieux : mais dis donc, l'enfant, n'as-tu pas été bien payée de m'avoir poffédé
dans tes bras , moi, duc de Ch...s, moi, Prince du
Sang des Bourb. ? Je ne me foucie guères de ce que
tu es, lui répliqua-t-elle, je t'ai reçu comme j'aurais
reçu ton laquais : chez nous autres, princes, valets,
cardinaux, capucins, magiftrats & favetiers, font
également bien venus & fêtés, mais tous, avant de

de

de fortir, doivent payer d'une maniere ou d'autre.

Ce dernier propos humilia fon Al. Sér. qui , le vifage animé plus qu'à l'ordinaire , allait répliquer vivement, lorfque la beauté Modenaife s'en etant apperçu, frappant feulement des mains, fit fortir d'un cabinet voifin , fans aucune magie, quatre braves à mine patibulaire qui , gardant le filence le plus profond, & fixant la beauté, n'attendaient qu'un feul figne pour fe faifir du duc de Ch...s , qui eut fans doute préféré le bruit, le feu & le danger du combat d'Oueffant , à la fcène qu'il avait fous les yeux. Revenu de fa premiere furprife , il dit, avec beaucoup de ménagement, à la prêtreffe de ce tem‑ ple infâme, qu'il avait voulu s'affurer par lui-même de la vérité de la bonne politique des courtifannes d'Italie : & pour en marquer fon approbation il la paya généreufement. Au même inflant cette femme, pour lui prouver fa reconraiffance, fit verfer du vin à fes quatre braves, prit un verre elle-même & but de compagnie avec fes affafins, à la fanté du duc de Ch...s, & le reconduifit enfuite jufque à la porte. Jamais pareille fçène ne fe ferait paffée dans un bord... de Paris, fon Alt. Sér. y auraitcertainement

été

été reconnue & respectée ; mais ces filles d'Italie n'ont aucun égard pour les Alt. Sér. Françaises ; elles disent toutes, comme un Empéreur de leur Rome ; fi de l'honneur fans le profit : c'eſt même leur deviſe.

Enfin le duc de Ch...s n'eut rien de plus preſſé que de revenir dans ſa chere patrie. Tout le peuple de Paris fut bien ſurpris de voir que ce Prince n'avait ſuccombé ni aux fatigues d'un long voyage, ni aux atteintes du vice : ſes ennemis furent très-mortifiés de le voir de retour ſain & ſauf.

A peine ce Prince fut-il arrivé au Palais-royal , & eut-il embraſſé ſon épouſe ainſi que le duc de Val..., qu'il vola à ſon nouveau bâtiment; d'ailleurs il avait puiſé le goût de l'excellente architecture en Italie, & il voulait comparer ce qu'il faiſait faire avec ce qu'il avait vu. Les ris, les grâces & les plaiſirs de tous les ſpectacles occuperent tous les momens que ſon Alt. Sér. ne donnait pas à ſes bâtimens ; & ſçut concilier ſa ſatisfaction avec ſes intérêts.

Un intérêt ſordide , dit-on , s'eſt emparé du duc de Ch..,s , & lui fait faire des actions indignes d'un honnête homme : En voici, continue-t-on , un

traiᵗ

grait assuré dont l'authenticité est constatée.

Au mariage des Princes, il est d'usage que le Roi accorde, pour présent de nôces, une somme de 150,000 liv. Le duc de Ch...s fit demander cette somme à son pere qui l'avait reçue pour lui. Le duc d'Orl. qui avait dépensé 800,000 liv. au mariage de son fils, répondit qu'il croyait avoir amplement satisfait aux intentions du Roi. En conséquence il fit assigner son pere : quelques jours après il alla voir Mad. de Mont. qu, lui représenta combien ce procédé était indécent ; & lui dit que le duc d'Orl. n'avait point d'argent, & lui présenta en même tems ses diamans, pour gages de la somme qu'il réclamait, & dans le fait les lui envoya pour faire cesser cette désagréable procédure. Le duc d'Orl., instruit de la générosité de Mad. de Mont. fit tout son possible pour trouver la somme, & lui renvoya ses diamans. La conduite du duc de Ch...s, dans cette circonstance, ne pourrait-elle pas être considérée comme dictée par l'intérêt paternel qu'il prend au bien de ses enfans ? c'est au lecteur impartial à porter son jugement sur cet article, comme sur les autres.

Justifiez donc le duc de Ch...s du fait que je vais

vous

vous raconter, nous dit un ennemi déclaré de fon Alt. Sér. Il n'y a pas longtems que le duc de Ch..s, voulant étaler le fafte qui lui eft fi naturel, ne pouvant le faire par fes belles actions, eut envie d'une paire de boucles à pierres, faites dans le dernier goût : il fit venir fon Bijoutier ; vit plufieurs modèles ; choifit celui qui lui plaifait d'avantage; & convînt de la qualité des pierres qui feraient mifés en œuvre , & tomba d'accord à 24, 000 liv.

Le Bijoutier prit fur le champ des engagemens avec un riche Lapidaire , & établit les boucles en très-peu de tems. Auffi-tôt il fut les porter au duc de Ch...s qui, réflexion faite, fe repertait de fon accord, & cherchait le moyen de le rompre. En voici un qui fe préfenta à propos, lorfqu'il vit les boucles : elles font affez belles, dit - il à l'ouvrier , les pierres font bien les mêmes que j'ai demandées, mais l'ouvrage eft lourd & mal exécuté, je ne puis les recevoir. Le marchand eut beau employer toute fa réthorique, il fut forcé de remporter chez lui fes boucles, fon trouble & fon defefpoir. Son plus grand chagrin fut l'impoffibilité où il allait fe trouver de remplir les engagemens qu'il avait pris. Enfin, d'après les confeils de fa femme, il retourna au Palais-royal , & peignit au duc de Ch...s tout son défefpoir, lui fit envifager la ruine qui le menaçait. Son Alt. parut touchée , & profitant de la circonftance, propofa généreufement au Bijoutier défolé, la fomme de 18, 000 liv. pour les boucles, Le marchand y confentit en lui affurant qu'il facrifiait fes propres fonds pour remplir les engagemens qu'il avait contraétés : par eet arrangement, le duc de Ch...s devint poffeffeur defdites boucles , qui lui coûtèrent, il eft vrai, beaucoup moins que leur valeur intrinféque.

Un Seigneur étranger, Ambaffadeur en France, les voyant aux pieds de fon Alt. Sér., les admira & les loua beaucoup : le duc de Ch...s convînt qu'elles étaient effeétivement belles , que cependant elles ne lui convenaient pas, & qu'il était décidé à s'en défaire. L'Ambaffadeur goûta la propofition du duc de Ch...s, & lui propofa d'en devenir l'acquéreur fi cela lui faifait plaifir : le duc de Ch..s y confentit, & la conclufion fut que le Prince etranger lui payerait la fomme de 24,000 liv., prix que les boucles lui avait coûté.

Vous vous attendez, continua la perfonne qui

nous raccontait cette anecdote , que son Alt. Sér.
pour justifier le proverbe qui dit; il a l'ame d'un
Prince; restitua, sans doute, au Bijoutier les 6000 l.
qu'il avait reçues au dessus du prix qu'il avait payé;
mais vous trompez grossiérement. Ecoutez-moi jus-
qu'au bout sans m'interrompre.

Le Prince étranger voulut un jour de cérémonie
se parer de ses superbes boucles; mais malheureuse-
ment il se trouva qu'elles le blessaient , & pour re-
médier à cet inconvénient, il alla de suite chez le
duc de Ch...s le prier de lui indiquer le Bijoutier
qui les avait faites. Son Alt. , sans penser aux sui-
tes de cette affaire, donna à son Excellence l'adresse
qu'elle avait désirée. L'Ambassadeur se transporte
chez le Bijoutier; à peine lui présente-t-il les boucles , que l'ouvrier, poussant un profond soupir ,
dit: voila des boucles qui me coûtent bien cher ....,
je voudrais bien ne les avoir jamais entreprises, ni
vendues! Son Excellence étonnée de l'apostrophe,
fit quelques questions, & apprit avec surprise qué
les boucles n'avaient coûtée au duc de Ch...s que
18,000 liv. , & qu'il avait gagné sur lui 6000 liv.
En conséquence il apprit au Marchand la manière
dont les boucles étaient passées en sa possession., &

lui

confeilla de retourner au près de fon Alt. Sér., qui
fans doute lui reftituerait les 6000 liv. qui devaient
équitablement lui revenir. L'efpérance la plus flat-
teufe porta la confolation dans le cœur de ce pauvre Artifan, il alla, avec la plus grande confiance,
annoncer à M. le duc de Ch...s l'information qu'il
venait de recevoir . . . mais fon Alt. Sér. lui répondit avec le plus grand fang-froid : notre conven-
tion définitive a été que je vous payerais 18,000 l.,
vous les avez reçues . . . , que vous importe ce que
j'ai fait d'une chofe devenue ma propriété ? retirez-
vous. L'infortuné fe retira en effet la rage dans le
cœur ; & ne pouvant fe venger autrement, rendit
publique cette anecdote, par laquelle il crut diffa-
mer fon Alt. Sér., ou juftifier au moins la réputation qu'il a d'être animé d'un intérêt fordide. Mais
que l'on examine, fans aucun efprit de partialité, la
conduite du duc de Ch...s dans cette occurrence ;
on ne peut l'accufer tout au plus que d'un peu de
fermeté dans le caractère ; car fi fon action eft blâ-
mable, depuis le Roi jufqu'au Marchand d'allu-
mettes tous méritent le même blâme, car l'uncomme
l'autre vend tout ce qu'il vend plus cher qu'il ne

Q   l'a

l'a acheté, quand il le peut : en agir autrement ferait être dupe : la néceffité feule determine à des pertes volontaires.

Ce fut quelque tems après cette aventure que le duc de Ch...s entreprit un voyage pour Loi dres, dans le deffein fans doute de voir les brave، gens qui l'avaient fi bien chauffé à Oueffant, ou d'y ache-ter des chevaux propres aux courfes, ou bien de faire des paris aux courfes de New-Market, & au-tres endroits. Les compagnons qu'il choifit cette fois ne furent point le prince Guem., ni le comte de Genl., ni le duc de Fitzj. : il devait à ce dernier quelque dédommagement pour les fommes qu'il lui avait gagnées au jeu, & dont Mad. de Fitz-j. avait fait la réclamation au près de Sa Majefté.

Le bonheur accompagna encore le duc de Ch...s dans cette incurfion en Angleterre : il y gagna des fommes immenfes, & l'on peut dire que s'il ne rem-porta fur les Anglais aucun avantage dans le combat d'Oueffant, il peut au moins fe vanter de les avoir battus, vaincus & dépouillés au jeu. Ses ennemis, à cet égard, prétendent qu'il fçut foumette le hafard à fa volonté : mais pourquoi ne pas convenir qu'il y des perſonnes qui tiennent cette Divinité comme enchainée à leurs caprices. Et puis n'importe comment on bat ſon ennemi ; ſi les ruſes de toute eſpèce ſont permiſes à la guerre ; quelle guerre eſt plus cruelle que celle que ſe font les miſerables joueurs les uns aux autres.

Les richeſſes, dont ſon Alt. Sér. avait dépouillé ſes ennemis, fournirent aux nouveaux frais de bâtiſſes, de ſes courſes, de ſes parties de paume, ſeuls exercices dignes d'un Prince, ſur-tout quand il n'eſt pas occupé de l'art & des travaux de la guerre : car on ne pourrait pas prétendre, en toute équité qu'un Prince s'occupât des études, des ſciences ſi fort en vogue en ce ſiécle : ce n'eſt pas cependant que le duc de Ch...s les ait négligées ; bien au contraire, & nous nous faiſons un vrai plaiſir de dire qu'il fut un des Princes qui encouragèrent davantage les travaux du ſieur Blanchard, auteur d'un vaiſſeau volant, & ceux de quantité d'autres Phyſiciens, tels que MM. de Montgolfier, Charles & Robert. Cet amour pour les Sciences & pour les Savans, & ſes préſens en leur faveur, le lavent preſqu'entiérement de l'imputation qu'on lui fait d'être un ignorant, dans toute l'étendue du terme.

Peut-être

Peut-être le duc de Ch...s aura-t-il l'avantage de désabuser par la suite, avec autant de succès, le peuple de la Capitale & de toute la France, sur tous les autres vices qu'on lui prête, & qu'il ne sera plus le but des sarcasmes & des satires les plus indécentes : en voici une qui fut faite contre son Alt. Sér. pendant le mois de juin au bal de l'Opera ; où se trouvaient, M. & Mad. la comtesse du Nord, la Reine & Monsieur, ainsi que le Roi & toute la Famille Royale ; ce fut au moins en présence de bonne compagnie. Son Alt. Sér. étant venue au même bal, sans masque ni demino, causait avec une fille près de la Reine ; un certain masque noir vint se mêler de la conversation : le duc de Ch...s désaprouvant cette familiarité, lui dit : est-ce que vous ne me connaissez pas ? pardonnez-moi, reprit le masque, vous vous êtes trop bien DÉMASQUÉ. Ce propos, il est vrai, est on ne peut pas plus piquant, cependant son Alt. sçut se contenir, ne sachant pas quel était ce masque téméraire qui pouvait être une personne très-haute & très-puissante, ou très-basse & très-méprisable. Cependant son Alt. le suivant des yeux, le masque continua de regarder le Prince avec

une

une affurance impofante : fon Alt. en fut plus em-
barraffée qu'auparavant, & ceffa de le fuivre : le mafque alors s'eft éclipfé.

En voici une autre : M. le duc de Ch...s ayant
perdu le procès qu'il avait contre la Ville, on le
chanfonna encore fur un air d'Albanèze.

AIR : ET ! QU'EST-CE QUE ÇA ME FAIT A MOI ?

QUE Ch...s après une bataille,
perde un procès aujourd'hui :
qu'entre les Francais & lui,
il élève une muraille !
Queft-ce que ça me fait à moi ?
qu'on le honniffe & le raille :
queft-ce que ça me fait à moi :
quand je chante & quand je bois ?

Enfin en voici une troifiéme : M. le comte d'Art.
& M. le duc de Ch...s avoient pris fur eux le foin
d'infcrire les noms des perfonnes qui rendraient vi-
fite le jour de l'an, au Roi & à la Reine ; & pour
mieux les diftinguer ils avaient divifé le cayer des
vifites des Dames en quatre colonnes, favoir :
Belles, Paffables, Laides, Abominables. Mad. de
Fl. fut rangée dans la dernière colonne, & en for-
tant de chez la Reine, elle jetta un regard curieux
fur le cayer, & y vit l'épithete que les Princes

avoient

avaient donnée à fon nom. Quelque tems après fe trouvant chez le duc de Ch...s, celui-ci éleva une légere difpute avec fa compagnie, fur le fignalement d'une perfonne. Mad. de Fl., faififfant avec plaifir l'occafion de fe vanger, dit, avec beaucoup de tranquillité : il ne faut pas contredire Monfeigneur en cette circonftance, il connait beaucoup mieux les fignalemens que les fignaux.

Quoique l'on ait dit & écrit jufques à ce jour, contre le duc de Ch...s, fon caractere ferme lui a toujours confervé la plus profonde tranquillité : fa propre confcience le juge fans doute avec plus d'indulgence que le Public qui ne peut pénétrer que bien peu dans les vues de fon Alt. Sér. : & qui par conféquent peut prendre des vertus pour des vices, & des actions très-réfléchies pour des folies. Au refte la conduite future de ce Prince donnera de nouvelles preuves de la folidité des jugemens qui ont été hafardés, fur fon compte, jufques a ce jour.

En attendant que quelque circonftance favorife nos fouhaits de voir fon Alt. mériter l'eftime & l'amour même de fes adverfaires, nous ofons affurer que le feul deffaut dont nous croyons ne pouvoir le juftifier, juſtifier , eſt celui du libertinage porté a des bornes peut-être trop éloignées. En vain dirait-il qu'en ce point il ſuit les traces des plus grands Empereurs Romains, & ſur-tout celle d'un grand Roi dont il eſt iſſu : loſqu'il aura eu la tête couverte des lauriers que ces héros ont mérités, & à l'ombre deſquels ils ont joui des plaiſirs de la vie, on lui permettra de ſe livrer aux mêmes faibleſſes; & dans le cas où il ne les couvrirait pas du voile de la décence & de la pudeur, le peuple reconnaiſſant aura l'indulgence de n'ouvrir les yeux ſur lui que pour voir le héros;

Réſumons, & voyons ſi les autres reproches faits au duc de Ch...s ſont fondés ou non.

Ses Détracteurs ont avancé qu'il était mauvais mari. Rien ne prouve cette imputation ; au contraire tout la dément : ſa vertueuſe épouſe, qu'il trouve lui-même la femme la plus aimable qu'il ait jamais connue, détruit à cet égard le jugement des ennemis du duc de Ch...s

On reproche à ce Prince d'être mauvais pere : encore un autre jugement inique, rien de plus tendre que le duc de Ch...s pour ſes enfans, & le public eſt témoin du plaiſir qu'il prend à les amuſer

lui

lu-même, & à les promener. Le seul reproche qu'il
merite à l'égard de ses enfans, c'est d'avoir confié
leur éducation & leur instruction à des gens incapables
& indignes d'un tel emploi.

Le duc de Ch...s est, disent ses ennemis, un gen-
dre ambitieux & perfide. En sollicitant la Charge
de Grand-Amiral de France, nous ne voyons pas
qu'il ait commis une perfidie ; s'il a fait tout ce qu'il
a su & ce qu'il a pu pour la mériter , son ambition
est louable.

Ce Prince, dit-on calomnieusement, a causé la
mort de son Beau-frere. La vérité dit que les plaisirs goûtés sans ménagement, ont empoisonné ce
Prince.

C'est un frere ingrat & lâche, s'écrient les mêmes gens ; & cela par rapport à son inaction dans
l'affaire de Mad. de Bourb. Ce reproche, ainsi que
nous l'avons prouvé, n'est pas mieux fondé que les
précédens.

C'est un Banquier de jeu de hasard ; si c'est un
crime à la mode, il doit passer.

C'est un Entrepreneur de bâtimens : nous avons
ouï dire souvent que bâtir était une folie, jamais

on

on ne nous a dit que c'était un vice ou un crime.

C'eft un Marchand de boucles, un Brocanteur; mais le Commerce reçoit chaque jour de nouveaux encouragemens, pourquoi voulez-vous y mettre des entraves dans les mains d'un Prince plus capable qu'un autre de le faire fleurir.

Enfin, fes infâmes ennemis difent: c'eft un avare méprifable, devoré par une foif infatiable d'acquérir. L'avare il eft vrai, emploie toutes fortes de moyens pour acquérir; mais fon plaifir unique eft d'entaffer fes richeffes & d'en voir augmenter la maffe. Les bâtimens feuls que le duc de Ch...s a fait exécuter & l'épuifement de fes finances, la néceffité où il a été de folliciter un emprunt en rentes viageres, le juftifieront à l'égard de cette inculpation dans l'efprit de toutes les perfonnes que de fots & & d'injuftes préjugés n'ont pas privées du fang commun.

On va fans doute actuellement nous demander quel motif nous a déterminé à entreprendre cette Apologie; vous avez fûrement reçu de l'argent, ou quelque faveur du duc de Ch...s? Point du tout, nous n'avons befoin ni du tréfor ni de la protection

R   de

de ce Prince : nous formons une Société de gens libres, & indépendans de toute autorité, dès que nous avons payé notre capitation ; car nous ne faisons jamais ni bruit, ni procès, ni dettes ; nous prenons plaisir à dire & à deffendre la vérité, parce que nous savons que nous vivons sous un Roi au près duquel elle peut pénétrer, même toute nuë, sans encourir les risques d'être insultée de ses courtisans, ni rejettée avec mépris de la part de l'Auguste Souverain;

Mais de quel droit, nous dira-t-on peut-être, présentez-vous ces vérités, non seulement au Roi, mais même au Public? du droit, répondrons-nous, que nous accordent les Loix & la Religion, de chercher à réformer les mœurs, pourvu que la diffamation & la malice n'entrent pas dans nos moyens.

Faites-vous donc connaître nous dira quelqu'un, car vous n'avez rien à craindre si vous avez suivi les Loix & la Religion. Il nous suffit de faire le bien en rendant les hommes meilleurs, & les Princes plus circonspects, en leur faisant connaître le grand jour où sont exposées leurs moindres actions, & à quel faible fil tiennent leur réputation & leur gloire :

mais

mais notre voix n'eft pas celle de la trompette faite pour les triomphans ; c'eft la voix humble de quelques habitans du defert, mais qui fe fait entendre jufques aux extremités de la terre, & qui crie fans ceffe : Princes foyez juftes & pratiqués les vertus.

Mais enfin, dira le Lecteur impatient ; Comment vous, amis du Prince, & tout à la fois habitans du défert, avez-vous eu connaiffance de tous les faits que vous avez cités ?

Nous allons répondre à cette queftion d'une maniere fatisfaifante.

Notre Société était autrefois compofée de quatre perfonnes : aucun ferment n'avait lié notr difcrétion, aucun motif d'intérêt n'avait formé notre union : le feul plaifir de rire des folies humaines, & d'en donner librement notre jugement, nous avait raffemblés, & nous tenait inféparables ; nous jouiffions encore il y a quinze jours de cette félicité, lorfqu'une maladie cruelle nous enleva M. Longéars, notre cher Affocié, que nous regrettons avec d'autant plus de juftice que la Nature, ou le fort, lui avait donné la faculté d'entendre tout ce qui fe difait autour de lui, à cent lieues à la ronde ; c'eft

pour

pour cette raison que nos écrits font prefque tous datés à cent lieues de la Baftille. Depuis la perte de ce précieux M. Longears, perte vraiment irréparable, nous avons cherché, mais toujours en vain, quelqu'un qui pût le remplacer. M. Longfight ne pouvait fuppléer au deffaut du pauvre défunt, fa befogne était affez fatiguante; car fi M. Longears entendait tout, M. Lonfight voyait tout auffi à la diftance de cent lieues. M. Vnderftanding ne pouvait pas non plus s'occuper de l'emploi de M. Longears, parce que la Nature lui ayant accordé un jugement jufte & profond, lui avait refufé des yeux plus pénétrans, & des oreilles plus fines que les yeux & les oreilles des hommes ordinaires. Pour moi qui fuis M. Scribler, je n'ai pas les oreilles meilleures que celles d'un autre, ni les yeux plus clairvoyans, ni le jugement plus vif & plus jufte que celui d'un enfant de fept ans: tout mon talent fe bor- à griffonner fur le papier ce qu'on me dicte, ou ce qu'on me fait copier. Il n'y a que quelques jours qu'etant tous trois enfemble occupés de notre perte; M. Vnderftanding après avoir un peu rêvé comme font d'ordinaire les grands efprits avant de donner

leurs

avis, nous dit d'un ton dogmatique : s'il eſt vrai que nos ames ſoient immortelles, qu'elles ſentent & qu'elles puiſſent agir & parler après leur tranſition des corps dans les Régions céleſtes, celle de notre ami & cher aſſocié M. Longears, peut encore nous entendre & nous ſervir ; à ces mots M. Longſight & moi nous inclinâmes nos têtes, par ſigne d'approbation, & ſuppliâmes notre Orateur de continuer, ce qu'il fit en ces termes : ſi donc M. Longears, qui nous a été ſinguliérement attaché, & infiniment utile, lorſqu'il était parmi nous, jouit actuellement d'une exiſtence plus heureuſe, & par conſéquent d'une intelligence plus parfaite, & qu'il ſe ſouvienne de la complaiſance aveugle avec laquelle nous avons toujours écouté les rapports & les relations qu'il nous faiſait ; il eſt à croire qu'il ſera plus utile aujourd'hi que jamais à notre Société. A peine M. Vnderſtanding eut-il proféré ces dernieres paroles, que les tables & les chaiſes de la chambre où nous étions en conſultation, furent ébranlées ; la bierre, déjà verſée dans nos verres, fut répandues ; un bruit ſourd, ſemblable a celui de pluſieurs voitures anglaiſes, fut entendu, & l'eſprit de M. Longears

nous

nous adreſſa ce diſcours : ceſſez, mes enfans, de vous inquiéter des ſoins de réparer ma perte par un nouveau ſujet ; je ſerai toujours préſent à votre Société ; je fournirai toujours de nouvelles matières à votre cenſure & à vos plaiſirs ; mais ce ſera ſous condition que vous réfuterez de tout votre pouvoir, un Libel infâme écrit contre le duc de Ch...s, qui vous ſera préſenté par un Auteur mépriſable ; & que vous le dénoncerez à l'autorité, s'il oſe jamais le publier. Nous avons rempli, autant qu'il nous à été poſſible, les intentions de l'ame de M. Longears : de ſon côté il eſt fidéle à ſa promeſſe, & nous pouvons aſſurer nos Lecteurs, que pour l'avenir, nous ſerons en état de l'nſtruire comme par le paſſé de tout ce qui ſe dit & ſe fait de plus intéreſſant & de plus curieux dans les palais, dans les maiſons, dans les cabinets, dans les boudoirs & dans les alcoves de la Cour, de la Capitale & de toute l'Europe : en un mot dans les lieux les plus ſecrets & les plus retirés ; & nous aſſurons nos Lecteurs que nous ne violerons jamais la promeſſe que nous lui avons faite dans notre Epigraphe :

NOS LÉVRES N'ONT JAMAIS TRAHI LA VÉRITÉ.

F I N.

This Book is to be fold
by J. Hodges, on London Bridge and W. Reeves;
London. Et W. Darling, Bridge-ftreet, Edinburgh.
& is to be found at all the great Book-Sellers in
the greateft Cities & Towns in Europe.

At the Same Printers & Book-Sellers.

Are alfo to be found the following Books.

Le Diable dans le Bénitier,	1 vol.
La Gazette noire,	2 vol.
Les contes couleur de Rofe,	1 vol

9 782329 344881